SANCTUARY

Ayumu Takahashi
With Katsuyuki Isoo

SANCTUARY BOOKS

sanctuary【名詞】1,聖域　2,隠れ家　3,禁猟区

1,《格式語》聖域《中世に法律の力の及ばなかった教会など》,避難所（from）. 2,《格式語》隠れ家. 3,《格式語》禁猟区；（野生動物などの）保護区（for）.4,《格式語》聖なる所,神殿,寺院；（教会・寺院などの）内陣.5,《格式語》（教会などの）罪人保護権,保護.　**seek [take] sanctuary** [動]《格式語》避難所に逃げ込む.

「サンクチュアリ」とは、「聖域」「隠れ家」「禁猟区」という意味の英語である。
自分の中には、誰しも人が容易には踏み込めない聖域があるはずだ。
自分を自由に開放できる隠れ家のような場所があるはずだ。
自分に嘘をつけない、まさに禁猟区と呼べる大切な部分があるはずだ。
自分だけのサンクチュアリを守っていこう。
誰に何と言われても、決して譲らずに生きていこう。
「サンクチュアリ」は、そんな想いを込めて綴った、「魂の詩」だ。

SANCTUARY IS NOT A TITLE OF THE BOOK.
SANCTUARY IS A STYLE OF LIFE.

「サンクチュアリ」.....とは、平成トムソーヤと呼ばれる高橋歩とその仲間たちの3年間の軌跡のストーリーである。映画の「カクテル」に憧れ、「アメリカンバーを持ちたい」という夢をかなえるため、20歳で多額の借金をして仲間と店をオープンし、2年間で4店舗にまで展開した男、高橋歩。23歳で店を全て仲間に譲り、「自伝を出したい」という新たな夢のため、無一文から出版社を立ち上げ、出版界に旋風を巻き起こした男、高橋歩。そして、26歳でまた出版社を仲間に譲り、「世界大冒険に行きたい」という夢をかなえ、妻と世界中を放浪し続ける男、高橋歩。
「サンクチュアリ」は、高橋歩と、彼を支え、彼と共に過ごしたワイルドでタフな仲間たちの「夢を叶えるための旅の記録」である。

「サンクチュアリ」.....とは、20代の金なし、コネなし、貧乏でパンピーな若者達の冒険の物語である。「金はないけど、夢はある」「コネはなくてもパワーがある」「パンピーだけど、情熱がある」そんな奴等が見ていた夢には、沢山の人に共通する気持ちがあると信じて、この本を書いた。
「サンクチュアリ」は、全ての人の心に宿っている「挑戦・情熱・快感・夢中・友情」など、目には決して見えないが、必ず誰でもが感じることの出来るスピリッツという名の結晶である。

「サンクチュアリ」.....とは、日本一ハチャメチャで、出版界最小の、日本で最も弱小な会社である。だが、ハートはどこにも負けないほど熱く、志は高く、常に社会で遊び、夢を追い続ける最高のアドベンチャー企業である。給料は自己申告制、会議は週に一度それ以外は拘束義務なし、一人一人の能力と仕事に全面的な信頼を置く自由な会社。「サンクチュアリ」は一見、楽でイージーなように見えて、実際は、シビアに能力主義を掲げる、プロフェッショナルな意識を持つ集団だった。

Design by Minoru Takahashi

「サンクチュアリ」……とは、「20代、自分、自由」をキーワードに全国に展開していった、20代の伝説である。「GENERATION CAFE」「20代のサミット」など、サンクチュアリが関わり、仕掛けていったイベントからムーヴメントがおこり始めた。
「こいつに出来るくらいなら、俺にも出来るはずだ」
「こんなのあり!? じゃ、私もやってみよう」
ストレートで本気の表現や、常識の枠を超える行動に刺激されて、様々な人が何か動き始める。あちらこちらで、皆が好き勝手に集まり、何か企み始める。ひとつひとつの点のような動きが、いつしか自然につながり、それがやがて大きなうねりになっていく。「サンクチュアリ」は、20代から20代に向けて叫び続けた、次代から次代へ贈る意識革命のメッセージだ。

「サンクチュアリ」……とは、大ヒットした傑作マンガのタイトルである。
カンボジア難民だった日本人の子供が、表の世界と裏の世界から、一人一人がライオンになって、日本を変えていくというストーリー。そのマンガに流れる強烈な世界に影響され、共感した奴等が自分達の「サンクチュアリ」を創った。
人生は出逢いの連続、出逢いの積み重ねである。出逢いは、人だけに限らない。それはたとえ、一枚のCD、一本の映画、一冊のマンガであっても、人間の人生は大きく変わっていく。
「サンクチュアリ」は、素晴らしい出逢いを創ってくれる貴重なスペースだった。

SANCTUARY IS NOT ANYTHING.
SANCTUARY IS EVERYTHING.

僕が「サンクチュアリ」に入ったのも、高橋歩との出逢いがきっかけだった。当時、大手の出版社にいて、多くの人の協力とコラボレーションを通して、2冊のミリオンセラーをプロデュースした僕は、新しい目標を探しているところだった。「オリンピックのフルマラソンでゴールを2回切り、3度目の準備をしているときに、マラソンもいいけど、別の競技、サッカーをやってみたい」、そんな心境だった。高橋歩率いる、仲間たちの「サッカーチーム」は、弱小で、ルールもよく知らない、荒削りの集団ではあったが、彼らのハートにはスピリッツがあった。ソウルがあった。何より、大きな夢があった。
「彼らと一緒にサッカーチームを創って、全国大会に出たい」と強く思った。弱小で、メジャーには相手にされず、戦ってもボロ負けの辛さや厳しさもある半面、そこから作戦を練り、練習を繰り返し、強豪を倒して、全国大会に登っていくプロセスは何より楽しかった。
一度、築いたものを壊して、また、ゼロから始める面白さがそこにはあった。スポーツの種類は違っても、マラソンのノウハウや考え方は、サッカーにも活かせるということに気づき始めた。「すべてのことは、自分を強く信じ、夢中に、徹底的にやり続ければ、周りの人が共感し始め、必ず道は開ける」本質は同じ。ルールや競技が違うだけだ。そのことを伝えたくて、高橋歩とこの本を書いた。
「サンクチュアリ」とは、単なる本のタイトルではない。「サンクチュアリ」とは、生き方のスタイルである。一つの旅が終わった今でも、僕の心の中に「サンクチュアリ」は宿り続ける。

1999年1月　　　磯尾克行

SANCTUARY

Ayumu Takahashi
With Katsuyuki Isoo

SANCTUARY BOOKS

夢を追いかけた堕天使たちの「旅」の記憶

CONTENTS

はじめに はじめに

STORY ストーリー
Prologue トムソーヤの詩が聴こえた
Heaven's Door ヘブンズ・ドアーをノックしろ！
Dolphin Kids 優しさと強さと
Live 死んでいく人すべてが、「生きていた」わけではない
Dropout Is Start 辞めることから始めよう
Crossroad 人生の交差点に立ち、キミは何を思う
Adventure Life 毎日が冒険
Keep Freedom 自由であり続けるために、僕らは夢でメシを喰う
Epilogue エピローグ
SANCTUARY ANALOGY サンクチュアリ・アナロジー

Spirits スピリッツ
SANCTUARY PHILOSOPHY サンクチュアリ・フィロソフィー

Voices ボイス

おわりに おわりに

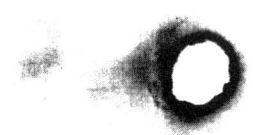

夢を追いかけた堕天使たちの「旅」の記憶
～KEEP SANCTUARY IN YOUR HEART～

これは１冊の本から始まった仲間達の「夢を叶える旅」の記憶である。
期間は1995年夏〜1998年夏までの3年間。場所はTOKYO。
プータローから「自伝」を出版するために自分たちの出版社を創り、
路上、メディアを問わず「自由」を叫び続け、
「20代のカリスマ」とまで呼ばれるようになった男、
タカハシアユムとその仲間達の現実のストーリー。
際だって偉大なサクセスストーリーでもなければ、
ものすごい失敗談でもない。
ただ、「アツイオモイ」で走り続けたイマドキの若者達による、
魂のバラッド。

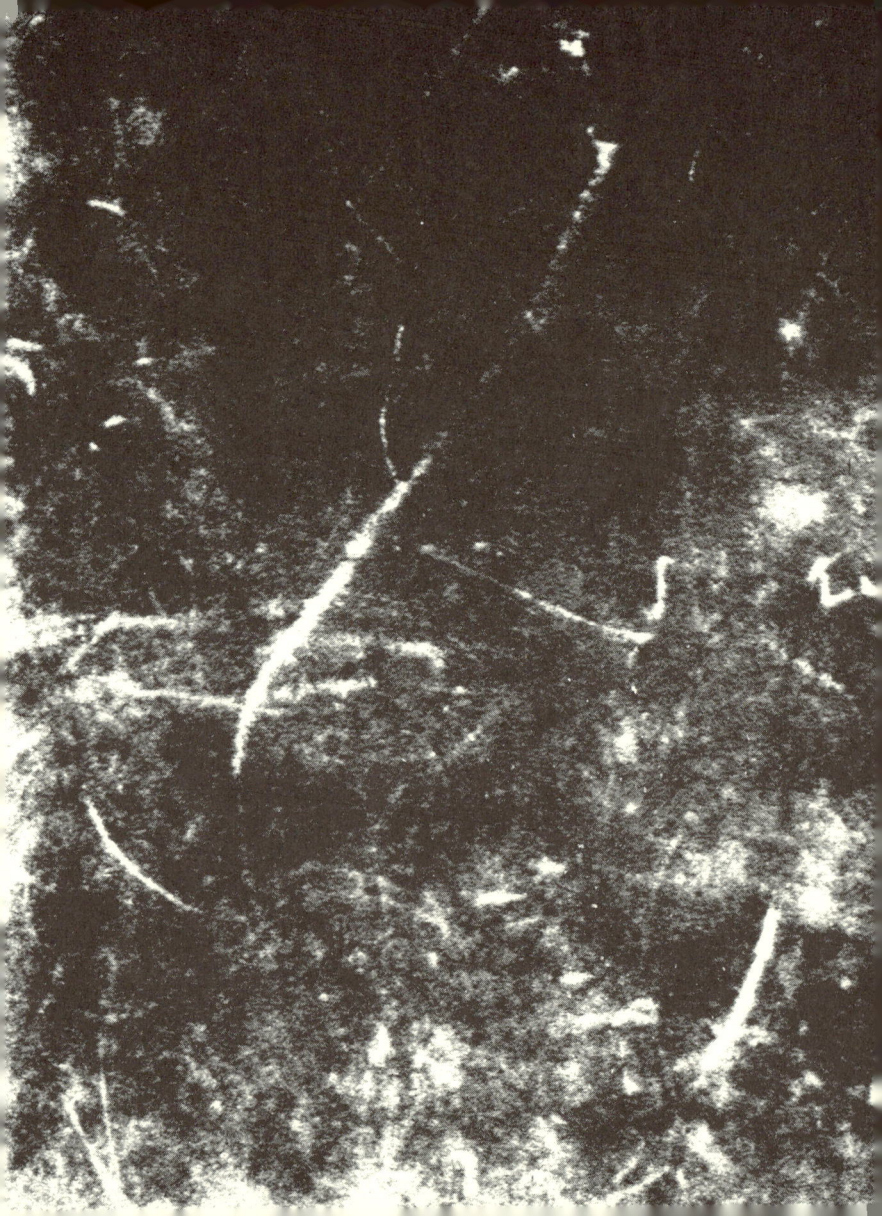

Prologue ～トムソーヤの詩が聴こえた

22歳のプータローだった俺には、「自由」だけがあった。

「将来なりたいものは？」「キミの夢は？」なんて聞かれても、すぐに答えが思い浮かばなかったから、
「**ヒーローになりてぇ**」っていつも答えてた。

「俺にも、何かもっともっと凄いことが出来るはず」と思いながらも、その「何か」がはっきりしなかった。
今の自分に出来そうなことの中から「無難なユメ」を探すんじゃなく、
田舎高校の弱小野球チームが甲子園に初出場し、**PL**学園を倒していきなり優勝しちゃうような、
百姓上がりの貧乏青年が下剋上でのし上がり、次々と国を盗り、遂には天下を取ってしまうような、
ストリートのゴロつきが、マフィアとして財を築き、広大な砂漠にラスベガスというオアシスをブッ建ててしまうような、
そんな、自分のフルパワーを燃焼できる「アツイユメ」を探していた。
「何でも出来るとしたら、なにがやりたい？」
「ドラゴンボールが7つ揃ったとしたら、何を実現する？」
そんなことを自分に問いながら、アツイユメを探して街をさまよっていた。

ある日、友達と飲んでいる時に本の話題になり、ふっと、
「俺の自伝を出してみたい」と思った。
本屋の自伝コーナーで「キューリー婦人」や「野口英世」の隣に「高橋歩」なんて、ただのプー野郎の自伝が並んでたら笑えるべぇ、ってひとりでニヤニヤしてた。

いろいろ調べた結果、「自伝」に限らず「自分の本」を出版するためには、出版社に企画を通す必要があることを知り、俺はただ、「めんどくせぇ」と思った。

誰にも指図されず、自分の言いたいことを好きなように本にするためには・・・

「自分で出版社をつくって、発売しちゃえばいいじゃん！」
俺の自伝が本屋の店頭に並び、ベストセラーに！一躍、ヒーロー！
さらに、俺の自伝を読んだ人達が「こんなプータローに出来るなら俺にだって出来るよ！」って、どんどん自分の出版社を作り始めて、小さくてイカれてる出版社が日本中にたくさん生まれて、赤ちゃんからおばあちゃんまで、いろんな普通の人の自伝が本屋に溢れだして・・・
いや、出版社や本に限らず、いろんな奴が俺の自伝を読んで、「なんだ！プータローの自伝がベストセラーになるくらいだったら、俺にだって出来んじゃねぇの」なんて、チャレンジャー化していく・・・
そう考えると、めちゃめちゃワクワクした。
それって、かっこいいじゃん！
「いっちょ、やってみっか！」
俺は気軽なノリで仲間を探し始めた。

「出来るか、出来ないかなんて、かんけーねぇーじゃん！とりあえず、やってみるべ！」

仲間はすぐに集まった。
昼はオートバックスで働き、夜は改造スカイラインで湾岸をかっ飛ばしてた「走りや」のコン。20歳。
日本でも有数の進学校に通う16歳で「天才高校生」と呼ばれていたマサキ
「俺は2年以内にイルカになるぜ」って宣言してた「イルカ好きの少年」、弟のミノル。20歳。
総長の俺を含め、平均年齢20歳のガキが4人集まって俺たちの世界一小さな出版社が生まれた。
「俺たちが日本中をビックリさせてやるでぇ」
みんな世の中をナメてた。

1, Heaven's Door〜ヘブンズ・ドアーをノックしろ！

作戦会議はいつもファミレスだった。俺たちはその会議を「デニーズ会議」と呼んでいた。
パートのおばさんはコーヒーを7杯も8杯もお代わりする俺たちを見て、露骨にいやな顔をしていたけど、俺は心の中で「いまのうちにサインでももらっておいたほうがいいぜ、おばさん」って笑ってた。

「大作戦には、アジトが必要だ！」

デニーズ会議に飽きた俺たちは、ついに「アジト」を手に入れた。
ドブ川の隣にちょこんと立っている「ベテル荘」というきったね〜アパート。
不動産屋のくれた紙に「リバーサイドの好立地」と書いてあるのが、妙におかしかった。

居心地のいいアジトで俺は、遂に、自伝を書き始めた。
中学、高校とヤンキーだったせいもあって、小学校の作文以来、マジメに長い文章など書いたことのなかった俺は、何から書き始めていいのか全く見当もつかず、机に座り、タバコをぷかぷか吹かしながら、
「あ〜あ、こまったこまった」とつぶやき続けていた。

とりあえずノートとシャープペンを買い、手書きでコチョコチョと適当なことを書いていたら、天才高校生のマサキに怒られた。
「アユムさん、昔の作家じゃないんだから、手書きはやばいっすよ！」って。
俺は素直にワープロを買い、わけもわからず、2本指でうち続けた。
「保存」するのを忘れて、14時間頑張って書いた原稿が消えてしまったときは「わぁー」ってシャウトしてワープロにワンパンを食らわせて、ソッコーで寝た。

「やめた、やめた、もう、今日は飲みに行こう!」
そういって逃避すること数知れず。
「あ〜あ、けっこう本書くのって、大変なんだなぁ。やめちゃおっかなぁ・・・」
そういって、公園でウンコ座りをしながら、たそがれること数知れず。
それでも、時が過ぎるにしたがって、今までの俺の人生を小学生並みの文章力で赤裸々に綴った、23才の根性の自伝は、徐々に書きあがりつつあった。

貯金がないどころか、アジトの家賃や電話代さえも滞納する状態だった俺たちにとって、「資金集め」が一番の緊急な作戦だった。
出版社をつくり、本を出版するためには、数百万円もの大金を集めなくちゃならなかった。
「金集めが最初のヤマバだ。やるしかねぇー！借りるしかねぇー！」
俺とミノルは100人以上の友達に頭を下げて回った。薬物実験のバイトもした。
時間を無駄にしないため、逃げ道をなくすために、学校も辞めた。
ただ、親だけにはお金を借りなかった。単純に、かっこわるいと思ったからだ。
コンはオートバックスを退職し、命よりも大事だった愛車のスカイラインを売った。2日間、ブルーだった。
マサキは高校の帰りのホームルームであつい土下座トークをぶちかまし、お金を借りた。
俺たちは、過去に築いてきた少々の自信やプライド、学歴や将来への保障を失った代わりに、ずっと求めていた「何か」を手に入れた。

そして、600万円近いお金を集めることに成功した。
ほとんど借金だけで集めた現金の札束を見て、初めて
「**冗談じゃすまねぇ**」ってことを実感した。
腹の底に、キューンとした緊張感が襲ってきたけど、無理矢理笑い飛ばしてた。

本を作るために印刷会社を探した。
「俺たちはベストセラーを創るんだ。だから小さな街の印刷所じゃダメだ。大手企業トップ10のうちのどれかと取り引きする！」
「自分の今のレベルに合わせて」「分相応」等というみみっちい考え方が大嫌いだった俺たちは、強気で大企業の門を叩きまくった。
まだ出版の「し」の字も知らなかったから、ありったけの本気で「俺たちと一緒に本を作りましょうよ！」ってシャウトするしかなかった。
金も実績も経験もない俺たちに10社のうち9社は門前払いを喰らわせたが、たった1人、ある課長さんは目を輝かせて言った。
「キミたちは金の卵だ！！」（YES!YOU ARE RIGHT!）
印刷会社が決まり、俺たちの初めての本＝俺の自伝がカタチになり始めた。

「おまえ、中央線な。俺、山手線行くから」
「じゃ、俺、小田急線行くわ」「じゃ、俺、車に乗って郊外の店行くっす」
俺たちはTRAIN部隊とCAR部隊に分かれ、全国の本屋さんを1店1店回り始めた。
こうでもしないと小さな出版社の本は店頭に並ばないからだ。
「さぁ、注文取りまくるぜ!いこうぜ!」「いぇーい!」
でも、本屋さんの態度はめちゃめちゃシビアだった。
俺たちの希望や自信や楽観主義は秒殺された。
「こんな本売れないからいやだよ」
「俺だって商売で本屋やってるんだからね。ボランティアじゃねぇんだよ」
「頑張ればいいってもんじゃないんだ。素人で出版社作るなんて、出版をナメてんのか」
「忙しいからまた来て」
「じゃま、じゃま、どいて!」
ほとんどの本屋さんで「ゴミ」同然に扱われた。
正直、ビックリしたし、悔しかった。辞めちまおうかとも思った。

でも、やられっぱなしじゃ引き下がれねぇ。
「倒れるときは、前のめりだぁ！」なんて言いながら、俺たちはヤケクソに本屋を回り続けた。
「絶対売れます！ぜひ、店頭にドーンと積んでください！お願いします！一回試してみてください！」って頭を下げ続けた。
おもしろいもんで、開き直って前進していると、少しづつ少しづつ、協力してくれる人が現れてくる。
「おまえらバカだけど、好きだよ。俺は、たとえ売れなくてもおまえらの本はレジの横に置き続けてやるよ」「頑張りなさい。どんどんいい本作ってね」（ありがとうございます！頑張るぜぃ！）
最終的に俺たちは気合いと根性だけで3000冊の予約注文をゲットした。

遂に、愛するBOB DYLANの曲名からタイトルを付けた、俺の記念すべき自伝「Heaven's Door」が発売された。俺たちは、この本から始まるであろうシリーズを「トムソーヤ・ブックス・シリーズ」と名付けた。

HEAVEN'S DOOR ***Written by Ayumu Takahashi/1995.11.30/1262yen

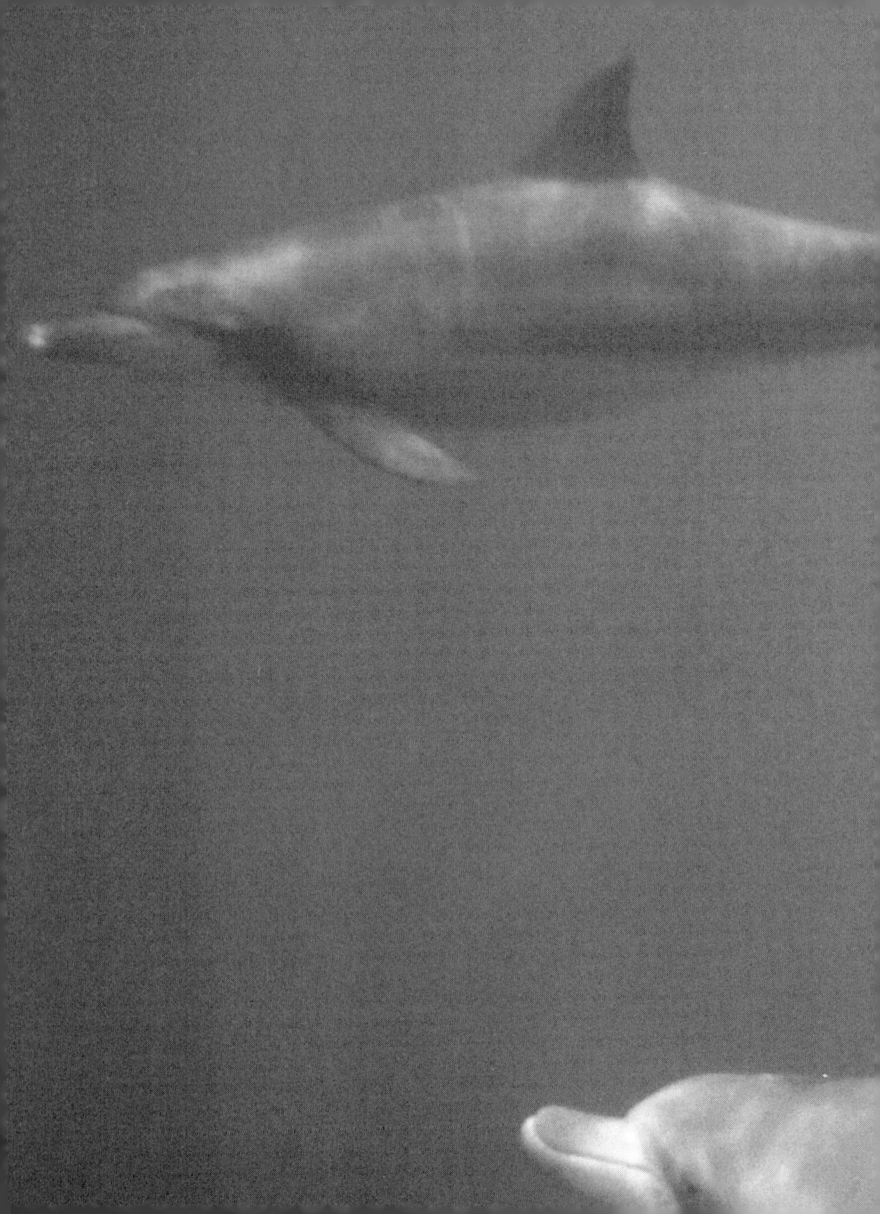

2, Dolphin Kids ～優しさと強さと

俺たちの胸一杯の希望と、「売れてくれなきゃ、借金が返せねぇんだぞ！」という重大な責任を乗せて船出した「Heaven's Door」号は、タイタニック号よりも早く、深い海へと沈没していった・・・
あらゆる「ベストセラー作戦」もむなしく、返本の山、山、山。
この本は見事に売れなかった。
「なぜだぁ、こんなに頑張ってるのにー！くっそたれぇ。SHIT！」
「出版界はクサってる！世の中もクサってる！みんなクサってる！」
俺たち、負け犬カルテットは、飲んで、暴れて、叫び続けるしかなかった。

ベストセラーになるはずだった俺の自伝がコケたショックをいつまでも引きずっていてはしょうがないので、俺たちは、次の本のことを考えることにした。
「どうするよ、次の本は？」
「ねぇねぇ、"首狩り族と一緒に暮らそう"っていう本はどう？」
「なにそれ？おまえ暮らすわけ？」
「いや〜。ボクはちょっとねぇ・・・」
「首狩り族と一緒に暮らそう」に始まり、「狼に育てられてみよう！」（どうやって？）「バミューダ三角海域に沈んでみて」（死んどるやん！）「インディアンの酋長になってみて」（なれるかい！）みたいなクレイジーな企画ばかりで、いっこうにまとまらない。
そのなかで、唯一、「イルカ」についてだけは、みんなのインスピが「いいじゃん！」と一致した。
昔、泳いだ時に感じた「イルカの優しさ」を本にしてみよう、と盛り上がり、一瞬にして決まった。

「イルカの本は俺が書く。俺に書かせて。いや、俺しかいねぇ!」

反対するスキを与えずに、弟のミノルが大好きなイルカに逢いに、小笠原諸島の父島に出掛けて行った。
「取材だから、会社から金出してね!」
「しょうがねぇ〜なぁ〜」
俺たちはぶつくさ言いながら相変わらず本屋さんをまわり、「今度はすごい本ですよ!内容は、まだ内緒ですけどね」なんて言いながら、ミノルの帰ってくるのを楽しみに待った。

真っ黒になって帰ってきたミノルは、言った。
ジャック・マイヨールみたいに何かを悟れたわけじゃないけど、
大自然とイルカと台風の中で一番痛感したのは、仲間のあったかさだった、と。

気の合う仲間が集まり、秘密の基地に泊まり込み、あ～でもない、こ～でもないって作戦を練りながら、順番に自分の本を出版し、仲間全員のパワーを集結して売りまくる。
ピラミッド型の組織に依存していくやり方ではなく、個人個人が自分の得意な武器をイカしながら、磨きながら、バンドみたいなノリでやっていこうと想った。
仲間と一緒に本を創ったり売ったりする活動を通して、みんなが「俺は自分の足で立ってる」という実感をもちながら、強く優しい人間になっていければ、サイコーだなぁって想ってた。

透き通っていて、ほんわかしていて、優しい本が出来た。
ミノルは、その本に「Dolphin Kids」という名前を付けた。
〜無邪気に笑う赤ちゃんの笑顔も、キューキューとはしゃぎ回るイルカたちの姿も、ウソのないものは、何か特別な人を幸せにする力を持っている〜

文章やデザインは素人まるだしだったけど、ウソのない思いで書かれたミノルの本が、少しでも多くの人を幸せに出来ることを願った。

DOLPHIN KIDS ***Written by Minoru Takahashi/1996.4.4/1262yen

しかし、この本も全くといっていいほど、売れなかった。
相変わらず、原因は不明。
借金で始めただけに、俺たちはさすがにブルーになり始めた。
「心を込めてイイ本を創り、ひとりでも多くの人に読んでもらおうって頑張ってれば、お金なんていくらでも後から着いてくる！大丈夫！大丈夫！」
最初から言い続けてきた言葉が、だんだん自分でも信じられなくなりつつあった。

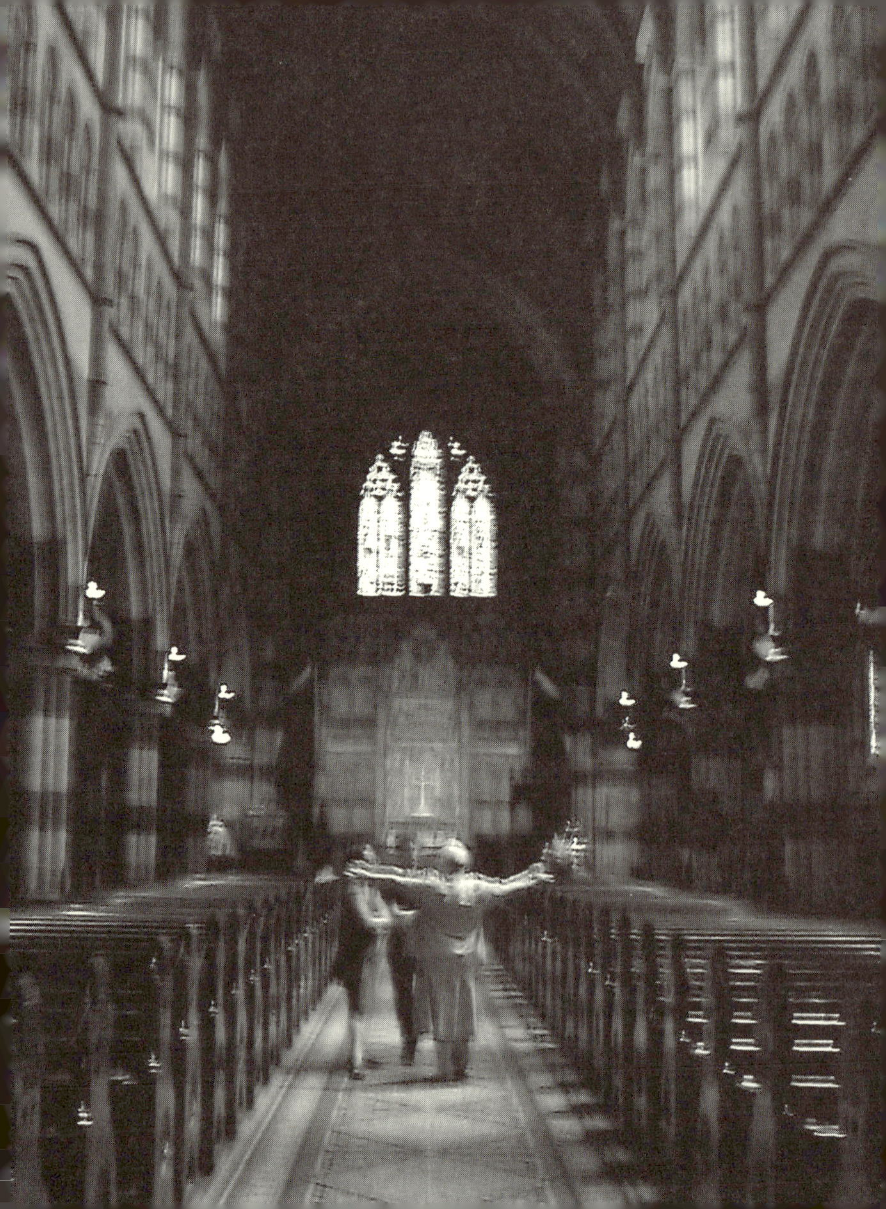

3, Live ～死んでいく人すべてが、「生きていた」わけではない

俺の自伝を読んで「一緒にやりたい！」と言ってくれる奴が新しく3人も入社した。
アラヤは現役の「東大生」、
ヒラノは現役の「ヤンキー」、
ヤスは現役の「精神世界ギャル」だった。
給料なんて、ほとんど払えなかったけど、みんな泊まり込んで、3冊目の内容やベストセラーにするための作戦を朝まで考えた。

●死んでいく人すべてが、「生きていた」わけではない Live

トムソーヤ・ブックス・シリーズの第3弾はアラヤの書いた小説に決まった。
タイトルは「LIVE」〜すべての人は死んでいくが、死んでいく人すべてが「生きていた」わけではない〜
ちょっと「トムソーヤ・ブックス」というシリーズにはテーマがディープすぎる気がしたが、アラヤの書いた原稿を読み終わった瞬間に即決した。
帯にうたわれた「本当は俺だって熱く生きたいんだ」という言葉が、悩み多き東大生であるアラヤの生き方とシンクロし、胸に響いた。

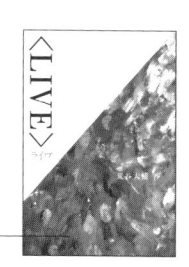

LIVE ***Written by Daisuke Araya /1996.6.28/1262yen

ヤスという女性は身体的なハンデから過去にたくさんの心の痛みを超えてきていた。
彼女の言葉と、彼女の薦めてくれた何冊もの本を通して、俺はいくつものスピリチュアルなメッセージをもらった。「聖なる予言」「ミュータント・メッセージ」「アルケミスト」「カモメのジョナサン」「リトル・トリー」「バシャール」「理性の揺らぎ」「今日は死ぬのにもってこいの日」・・・
すべての本が、俺に言った。

「答えは探すモノではない。思い出すモノだ」と。

横浜ヤンキーのヒラノは紫のスーツを着てしばらく営業を頑張った。

その後、「俺も、自分の本、出したいっす！」と言って、トムソーヤ・ブックス・シリーズ第4弾「ホームレス・ライフ」の取材に新宿の街へ出て、ホームレスの人たちと暮らし始めた。

マジでダンボールの家に暮らしたり、カマを掘られそうになったりしながらも、どんどん友達を増やし、ホームレス専門用語も使いこなせるようになったヒラノは、たまに帰って来て俺たちにすっごい話を聞かせてくれた。

「すげぇよ、それ。第4弾も楽しみだな！まずは、なんとか第3弾をヒットさせてガンガンいこうぜ！」なんて、盛り上がってた。

しかし、アラヤの書いた小説、第3弾「LIVE」も売れなかったとき、事態は豹変した。
第1弾「HEAVEN'S DOOR」、第2弾「DOLPHIN KIDS」ともに、「絶対売れますよ!」とシャウトした結果が惨敗だったこともあって、遂に、すべての本屋さんが俺たちを信用しなくなった。
「また売れなかったな。もう、おまえら嘘つきだからイヤだよ」
「だから甘くないって言ったでしょ。素人が飛び入りで成功できる世界じゃないのよ!」
「応援しようと想ったけど、もう限界だなぁ、俺も仕事だしな」
「仏の顔も三度までって言うだろ」
どこの本屋へ営業に行っても「狼少年」呼ばわりだった。何を言っても信用してもらえず、俺たちの本はことごとく本屋さんの店頭から消え、在庫の山ばかりが大きくなった。本屋さんに営業に行って「もう一度、置いてください!」って頼む元気がなかった。
最初にみんなで集めたお金もとっくになくなり、新たな借金もずいぶん増えていた。

給料もここ数ヶ月、全くなかった。
みんなの頑張りの糸がぷつんと音を立てて切れてしまった。
まず、マサキとコンとヒラノが、そして、アラヤとヤスが、「ごめんなさい」と泣きながら去った。
同時に、ヒラノが頑張って取材した第4弾の「ホームレス・ライフ」も、中止になり、次の本の計画が1冊もなくなった。
そして、俺と弟のミノルと大借金だけが残った。
「どうするよ？」
「23歳と21歳で借金3000万円も抱えた兄弟なんてなかなかいねぇぞ。テレビの不幸自慢でもでて、賞金稼ぐかぁ」
「やだよ・・・」
俺たちはアジトで途方に暮れていた。

The Drop OUT is Start

4, Dropout Is Start 〜辞めることから始めよう

ふたりぼっちになってしまった俺たちを見かねて、BARで知り合った「仏のような優しさを持つ男」ニヘイが仲間になった。
俺とミノルとニヘイで「この3人は何があっても、期限までは絶対に最後までやり抜くこと。うまくいってても、いってなくても、その日に解散だ。それまでに絶対、大ブレイクさせるべ！」と誓い、また歩き始めた。
「1年じゃちょっと短いな」ってことで、解散の期限は2年後の1998年8月31日に決まった。
「期限」を創ることで、もう一度、爆発力が生まれた気がした。
「終わり」を決めることで、「逆算」が始まり、「今」をより濃く生きられるような気がした。

仲間のBARに貼らせてもらった「熱い仲間募集／月給5万円／週5日勤務（残業あり）」の労働基準法を完全に無視したふざけた社員募集チラシに、2人のイカレポンチが応募してきてくれた。

カズとキリン。

カズは、オーストラリア放浪帰りの「ワイルドガール」。
キリンは、イスラエル放浪帰りの「ワイルドボーイ」だ。
俺たち5人は、毎日アジトに泊まり込んで、みんなで銭湯に行ったり、常備されたこたつで鍋を食ったりして、「毎日が修学旅行みてぇだな」なんて言ってた。
それぞれが限界まで頑張り、朝日とともにアジトの隅に置かれた寝袋に潜り込むような毎日だった。
きっと、いつかは・・・・

「今はお金がないから、お金を儲けることが最優先だ」
そんな思いから始まった本の企画は、不思議とすべて途中でトラブった。
最初のスピリッツを忘れ、「仕事なんだから、やりたくないことも・・・」と言い始めた頃から、やることなすことうまくいかず、すべてが悪循環し、仲間同士の信頼関係も壊れかけ、精神的な痛みと無駄な借金だけが膨らんでいった。

あまりの経営難に、カズは自分の責任を感じ「ホントはずっとみんなと一緒にやっていきたいけど、私が辞めれば少しは経営が楽になるでしょ。私の代わりにもっと仕事が出来る人をとって」と号泣した。
「そんなことねぇ！」「そういうことじゃねぇ！金がないのはカズのせいじゃねぇ」
他の仲間もみんな目を潤ませた。
俺はその姿を見て、自分のリーダーとしての無力さを恥じ、同時に、「こんな頑張っている仲間にイヤな思いをさせちゃいけねぇ！」と心を震わせた。

俺はすべてのプライドを投げ捨てて、次の本を出すためのお金を借り続けた。

「植木を育てるなら、俺を育ててください!」

そんな馬鹿なことを言いながら、真剣に頭を下げ続けた。
「仕事って言うのは、情熱だけじゃうまくいかないんだよ。借金もたくさんあるんだろ。もう、やめとけ。引き際が肝心だぞ・・・」
(確かにそうかもしんないけど・・・。負けっ放しで辞めるわけにゃ、いかねぇんだよ・・・)
喫茶店のテーブルに頭をすりつけながら、握りしめた拳にはやり場がなかった。
借金を断わられるたびに、仲間の待つアジトにまっすぐ帰れず、ひとりでぶらぶらと街を歩きながら長渕の「SUPER STAR」を唄ってた。
頬に当てた缶コーヒーのぬくもりだけが「がんばれ!」と俺に声をかけてた。

超苦難の末、やっとのことでお金が集まり、新しい本が出せることになった。
タイトルは「辞めることから始めよう」
「自分が違うと想うことは辞めていいんだ。自分の本当の人生を生きようぜ」
退職に踏み切れずに悩んでいる俺の彼女に贈る本だった。
素敵なライターと仲間達と一緒に、心から湧き出るストレートな想いを、妥協することなく、商業主義にノマれることなく、1冊の本にグーッと込めた。
「この本が売れなかったら、俺たちも辞めることから始めるか!」なんていう冗談は、ちょっと笑えなかった。

辞めることから始めよう ***Written by Masumi Kasahara/1996.12.24/1165yen

発売と同時に俺たちは真冬の街頭に立ち、サンタクロースとタヌキと猿と天使の仮装をして、必死にチラシをまいた。
仮装はいつもジャンケンで、一番負けた奴はケツの部分に大きな穴のあいた猿のぬいぐるみを着て「さみぃーよぉー」と叫びながら、真冬の寒空をチラシ片手に走り回ってた。
通勤途中の友達に会っちゃって「何してんの？」と言われることだけが悩みの種だった。

しばらくすると、全国の読者から膨大な数の手紙がアジトのポストに次々と舞い込み始めた。
「この本と出逢えて心からHAPPYです。こんな素敵な本を出版してくれてありがとう」
「想い」が伝わっている実感をヒシヒシと感じることが出来た。

俺たちの存続をかけたこの本は、
初めてのヒットを記録した。

●辞めることから始めよう Dropout Is Start

5, Crossroad ～人生の交差点でキミは何を思う

「よっしゃー！このままガンガン行って早いとこ借金返しちゃおうぜ！」とイケイケパワーを取り戻しつつあった俺たちを加速するように、スペシャルパワーを持った2人が仲間に加わった。

ツルとオッチ。

ツルは、「出版界のマングース」と呼ばれる食いついたら離さない鬼の営業マン。
オッチは、「出版界の小室哲哉」と呼ばれるミリオンヒットを連発しているプロデューサー。
このふたりは何を血迷ったか、前の出版社での出世コースから自らドロップアウトし、日本最小の出版社へ加わってくれた。
「給料が七分の一になっちゃったよ」「もう少し寝る時間をくれよ」なんてぶつくさ言いながら、最初からブリバリ飛ばしてた。

俺たちは、6人になった。
全員が20代だった。

まず、みんなで小笠原父島に旅に出かけた。
一等船室に泊まっている人たちを「おまえら、甘えてんじゃねぇ！」って脅してたり、
酔っぱらってバイクをかっ飛ばし、警官に捕まったり、
珊瑚礁のカケラで出来たビーチで、一緒に眠ったり、
天の川とお祈りする間もないほどの流れ星の下で、同じ明日を眺めてた。
この仲間がいれば、ずっと遠くまでいけるような気がした。

俺たちは仕事のルールを決めた。
週に一回だけ、「集会」と呼ばれる作戦会議をするため、全員がアジトに集まること。(火曜日のｐｍ6：00〜)それ以外は完全にフリー。出社時間も退社時間もなく、何しようと勝手。
「集会」で、今週1週間の仕事の結果を報告しあい、互いの進行具合をチェックする。
給料は基本給などなく、純粋にその月の結果によって、決定。
そのシステムは「超フレックス＆超完全歩合」と呼ばれた。
「こんな野放しで社員がしっかり働く訳ない。おまえは経営者として甘いよ」
なんて、「先輩経営者達」によく言われたけど、「自分の足で立つこと」を前提に集まった俺たちには、このやり方が一番気持ちよかった。

6人で創った一番最初の本は、「クロスロード」＝人生の交差点。
〜勇気を出して2度とない人生を生きるか、ありきたりの人生をこのまま生き続けるか、「今」が人生のクロスロードだ〜
あらゆる意味で人生の交差点に立つ人達に贈る、スピリッツブックだった。
この本は、「自分」を信じて走り続けた英雄達の名言集でもあり、俺の「ライバルリスト」でもあり、6人の仲間達の「約束」でもあった。
この本が出来上がったとき、武者震いが止まらず、これは凄いことになる・・・・と実感した。

「クロスロード」の冒頭に刻まれた言葉。
「自由であり続けるために、自分であり続けるために」
俺たちはこの言葉を抱いて走った。

CROSSROAD ***Written by SANCTUARY /1997.8.8/1200yen

俺たちのスピリッツ・ブック「クロスロード」は発売直後から多くの書店でトップ10入りを記録し、話題の本になった。
読者からの手紙も膨大な数にのぼり、スピリッツを共有出来る仲間が、全国にこんなにも多く存在していたことを知って、嬉しくてたまらなかった。

世の中の波長が、俺たちに合い始めた。

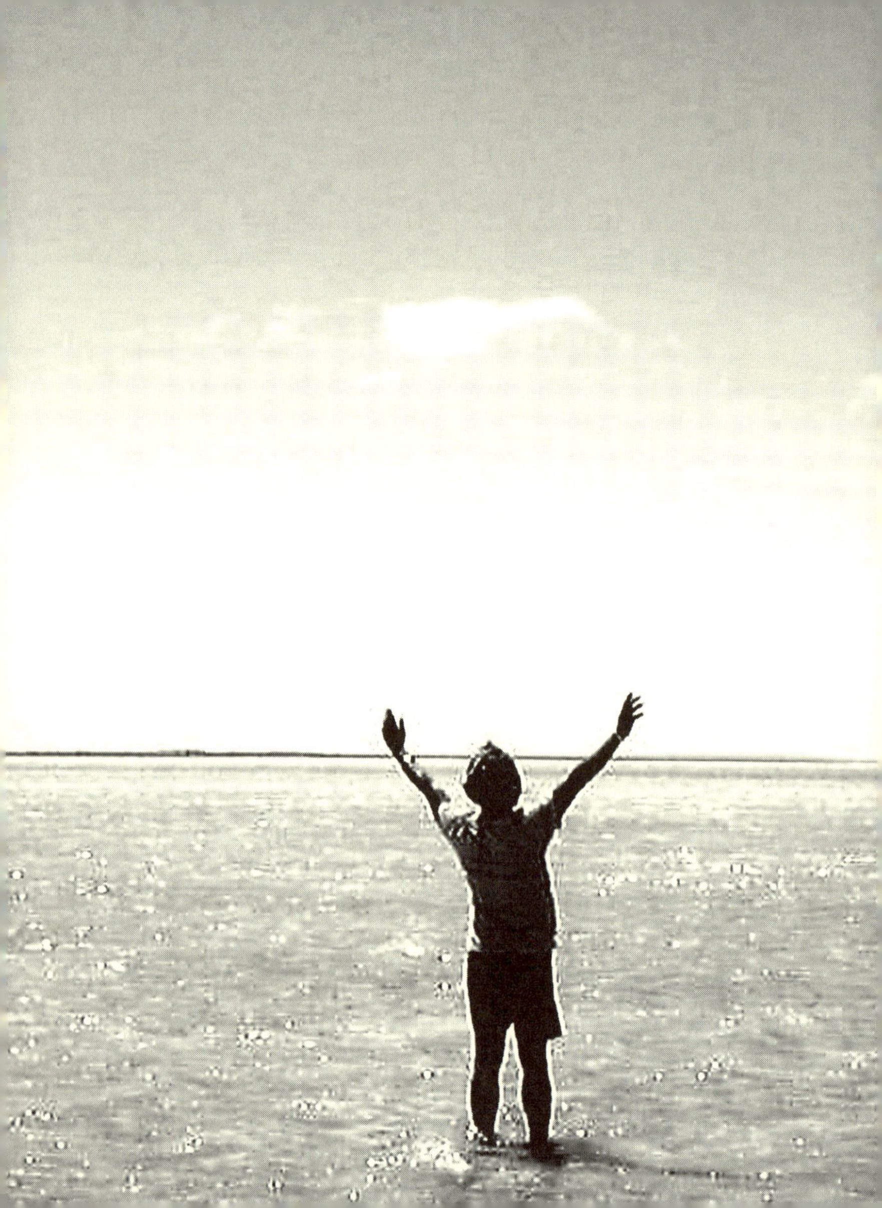

6, Adventure Life 〜毎日が冒険

「さぁ、そろそろリベンジするでぇー！昔の借りは絶対に返す！」
次の本は再び、俺の「自伝」だった。
なんと、今度はCD付きだ。

発売当初。またしても、俺の自伝は全く売れなかった。
「やばい。このままじゃ大赤字だ・・・。せっかくいい調子だったのに。やっぱり、自伝はダメなのか・・・」
青くなって弱気になった俺たちを、鬼の営業マン、ツルの熱い一言が救った。
「この本はアユムくんの自伝だけど、俺たちの魂の分身でもある。この本は絶対売れる。みんなで信じて頑張ろうぜ。絶対にイイ本なんだし、あきらめねぇで、ひとりでも多くの人に、読んでもらおうぜ」
みんな、震えた。

そして、風が吹いた。

毎日が冒険 ***Written by Ayumu Takahashi /1997.10.10/1600yen

「**本は俺たちの子供みたいなもんだ。**生みっぱなしじゃなくて、ひとりでも多くの人に読んでもらえるように、しっかり育てていこう」そんなことを言いながら、俺たちは、テレビ、新聞、雑誌、ラジオなど、あらゆるマスコミをまわり、「**俺たちの本、絶対サイコーなんで、ぜひ、紹介してください！お願いします！**」ってかけずり回った。
世間は俺たちを待っていた。
取材が殺到した。

俺はテレビカメラの前でも、雑誌の撮影でも、きったねぇ格好をして、気持ちよく本音をブチカマし続けた。
「あんた、いい加減にしなさいよ！恥ずかしくて街歩けないわよ！」
おふくろはTVを見るたび激怒して携帯に電話をしてきたけど、久しぶりに逢うと、いつも優しかった。

TVや雑誌や本を見て、アジトにひっきりなしで、人が訪れるようになった。
「ただ遊びに来てもナメられると想って」といいながらヒッチハイクで遠くから来た大学生、
「俺といると交通費が半額になるよ」と訳の分からないアピールをしながら障害者手帳を乱用するハッチャケ障害者（優感者）、
アジトに入ってくるなりいきなり服を脱いでパンイチで眠り始めるスウェーデン人、
「俺と一緒に平成維新をやろうよ！」と熱く語る同世代の奴ら、
「うちの学校で大ブレイクしてるんです！」ってはしゃぐ女子高生、
「俺もこの会社でやりたいっす！」と意気込むプータローの奴ら
「キミなら、絶対ビルゲイツになれるよ！」とおだてるベンチャーキャピタルの人達、などなど。
アジトに行っても知らない人がたくさんいて、「あれ？あんた誰？」という毎日は、結構気に入っていた。

矢沢永吉が俺たちの本にクレームを付けた。
ビートたけしもTV番組で特集された俺の生き方にイチャモンをつけた。
でも、俺たちはクソ食らえで、お尻ペンペンしてた。
俺たちは無力だった。だけど無敵だった。
失うものなど、なにひとつない。
本はメチャメチャ売れた。

自由であり続けるために、僕らは夢でメシを喰う Dream:1 自分の店
***Written by SANCTUARY/1997.12.12/1200yen

本が売れるに従って、講演会やTALK LIVEの依頼が殺到した。
大学の文化祭、高校の１日先生、社長の集まり、おばさんのお茶会、社員研修、サラリーマンの異業種交流会、場所は友達のBARから読売ホールやビッグサイトまで、タオルを頭に巻き、ジャージ上下に便所サンダルというイカれた格好で俺はシャウトし続けた。
「サインください！」な〜んて言われるようになって、俺は正直困った。
「人にサインなんかするような人間じゃねぇよ」なんて言いながらも、ちゃっかり家でサインの練習をしてた。

どんなにマスコミが騒いでも、俺たちにとって路上＝STREETで通用することがすべてだった。

「ストリートで、すっごいこと、やらかしちゃおうぜ！」

俺たちは3万円でボロボロのライトバンを買い、車上にステージを創り、メチャメチャに塗装して、路上へ出た。

誰もが振り返るそのクレイジーな車は（サンク）「ちゅあり号」と名付けられた。

渋谷、新宿、池袋、横浜、大宮、千葉・・・通行人で溢れかえる駅前の交差点にバーン！と車を止め、「毎日が冒険！」「ストリートジャック！」と書かれたド派手な看板とノボリを掲げ、「俺の自伝買ってくれぇ〜！」って車上ステージから大ボリュームでシャウトし、ギターをかき鳴らし、オリジナルソングを歌いまくった。

ほとんどの通行人は俺たちを無視したが、女子高生とヤンキーと怪しげな人々とガッツのある仲間たちに囲まれて、すべてが違法の路上ジャックライブはサイコーに楽しかった。

警察もヤクザもクソ食らえだった。

夕暮れ時、仲間達の笑顔に囲まれて、枯れたのどに流し込むビールは、まさしく「サイコー！」だった。

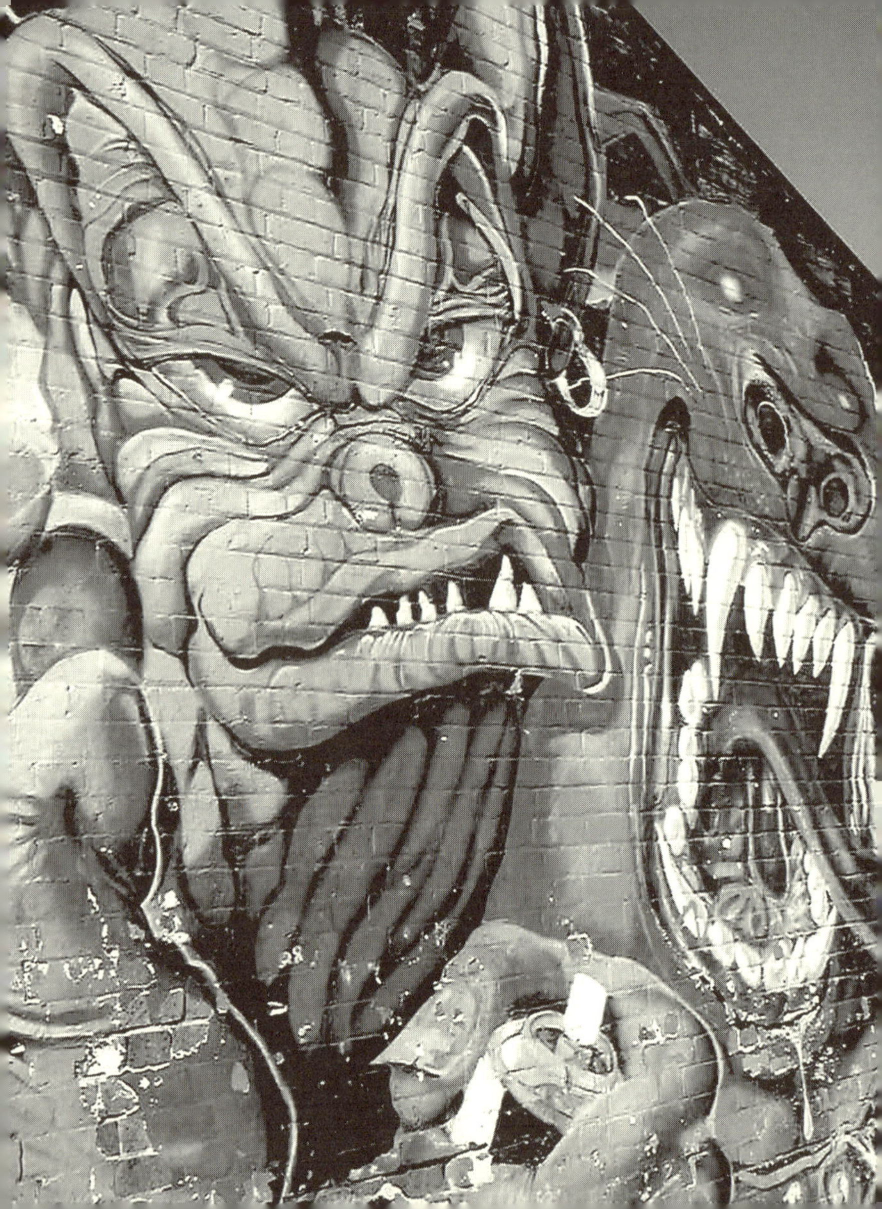

7, Keep Freedom 〜自由であり続けるために、僕らは夢でメシを喰う

俺の自伝や俺たちの出版社が話題になるにつれ、「俺も私も自分の本を出したい！具体的なやり方を教えて下さい！」という人達からの相談が多く寄せられるようになった。
「ひとりづつ相談に乗ってたら体がいくつあってもたんない。なんならすっごいイカれた、史上最高のマニュアルでも創っちゃおっか！」
そんなノリで、〜無一文、未経験、コネなしから夢を叶えるためのマニュアル〜「自由であり続けるために、僕らは夢でメシを喰う」（通称＝ユメメシ）という本の出版が決まった。
「友達タイプ別お金の借り方」から始まって、「茶髪・タトゥー・ピアスくんへ贈る作戦」みたいなものまで、プータローによるプータローのためのマニュアルが完成した。
「この本を読んで、俺もやったぜ！私もやったよ！」という読者からのhappyな手紙が届き始めたとき、1冊の本が持つパワーを改めて実感した。

歌って踊って笑いのとれる「ミニ・カリスマ」の3人が、仲間に加わった。

コンドウは新潟県長岡市のカリスマ・ボーイ。
ユウちゃんは原宿10代のカリスマ・ガール。
スガちゃんは、おどぼけ星のカリスマ・プリンセス。

これで、総勢9名になり、アジトも3フロアーにまで拡大した。

自由であり続けるために、僕らは夢でメシを喰う Dream:2 自分の本
***Written by SANCTUARY/1998.8.8/1200yen

アントニオ猪木が俺たちを選んだ。

「熱い男」と呼ばれる猪木が「熱い出版社」と呼ばれる俺たちをパートナーに選び、ともに「猪木イズム」と題されるスピリッツブックを創ることになった。
「過去の栄光を語るんじゃなく、未来への夢を語る本を創りましょうよ！」
彼は引退試合前の貴重な時間を費やし、俺たちのことを若造だとバカにすることなく、本気でぶつかってきてくれた。
プロレスラー「アントニオ猪木」としてではなく、人間「猪木寛至」としての大きさと、シンプルさが俺の心を打った。
「迷わず行けよ。行けばわかるさ」
彼はこの言葉を残し、超満員の東京ドームのリング上から去った。
「くぅ〜。メチャメチャかっこいい・・・」
俺は、正直、悔しくてたまらなかった。

INOKI-ISM ***Written by Antonio Inoki /1998.4.4/1600yen

●自由であり続けるために、僕らは夢でメシを喰う　Keep Freedom

「えっ？ほんと？いいの？」
ひょんなことから、昔からの夢だったミュージシャンとしてのメジャーデビューが決まった。
イカれたPARTYに集まったお祭り野郎たちとバンドを組み、自主制作CDを創ったのがきっかけだった。
ライブには人があふれ、口コミだけでアッという間に1000枚が売り切れた。
数ヶ月後、レコード会社の人が訪れ、アレッという間にメジャーデビューが決まった。
「音楽でメシを喰うんだ！」ってあれだけ必死に頑張ってた10代の頃の俺が、笑ってた。
「認められようと媚びるんじゃなく、インディーズでいいんだ！って肩に力を入れるんじゃなく、ただ自分自身がサイコーに楽しめる音楽をやればよかったのか」って。

Ayumu Takahashi/Side A:LONGROAD
Not On Sale!

Ayumu Takahashi/Side B:DAYS OF SANCTUARY
Not On Sale!

イカしたアーティストとの出逢いが、「人生はピクニック」という本を生んだ。
「この人の本を作りたい！」と自ら想ったのは、これが初めてだった。
自分で叫ぶだけではなく、同じスピリッツを他人の表現で伝える面白さ、そして、そこから広がる新しい出逢いの可能性を知った。
「新しい出逢いによって本が生まれ、その本を通して、また新しい出逢いが生まれる・・・」
そんな、「本」というものが持つ「人と人をつなげる力」を実感することが出来た。

人生はピクニック ***Written by Takumi Yamazaki /1998.9.1/1300yen

●自由であり続けるために、僕らは夢でメシを喰う　Keep Freedom

25歳の夏を迎え、ずっと以前から決めていた仲間達の解散の日が迫ってきた。
「どんなにうまくいってても、いってなくても、この日を持って解散しよう」
最初からの約束だった。
1998年8月31日の解散まで、1ヶ月を残すのみとなった。

「さぁ、最後の祭りだ！今まで俺たちを応援してくれた全国の読者へ逢いに行こう！」
そんな一言から、ちゅあり号による全国ツアーが始まった。
九州は福岡から北海道は札幌まで、14日間の日本縦断キャラバンツアーだ。
俺たちは、その旅を「GREAT JOURNEY」と呼んだ。
全国の街角で車上からシャウトし、飲み狂ってシャウトし、TVやラジオや雑誌の誌上でシャウトした。
全国の読者、本屋さん、マスコミの人達が俺たちを温かく迎えてくれた。
キャラバンツアーの最終日。俺は「札幌ZEPP」のステージに立ち、最後のシャウトをした。
800人収容の会場は満員で立ち見も出た。
1週間後にはレニー・クラビッツが座るという楽屋のイスに座り、タバコを吹かしながら、初めて「終点」にたどり着いたことを意識した。

●自由であり続けるために、僕らは夢でメシを喰う　Keep Freedom

1998年8月31日。遂に最後の夜が来た。
この夜をもって、俺たちの「サンクチュアリ出版」という旅は終わる。

アジトの近くのお台場海岸にテーブルセットとラジカセと照明と発電機とギターと特上寿司とピザとシャンパンとビールを持ち込んで、ONE NIGHT　BARを創り、LAST PARTYが始まった。
「まずは、シャンパンファイト＆ビール掛けだぁ！」
ドンペリでのシャンパンファイトは、サイコーにおいしかった。
ケースで買い込んだビールは、かぶるたびに強烈に目に浸みた。
俺たちはビチョ濡れになりながら、おもいっきりラストダンスを踊った。

●自由であり続けるために、僕らは夢でメシを喰う　Keep Freedom

おもいっきり食べて、おもいっきり飲んで、PARTYも終わりが近づいた。
「最後に、ひとりからみんなへ、別れの言葉、いこうか！」
「最初で最後のマジトーク」とうたわれた、「ナイン・エール」が始まった。
〜ひとりから8人の仲間＋自分への9本のラストエール〜
仲間へのマジトークはとっても照れくさかったが、それぞれが、本当にそいつらしい表現で「変わらない何か」を互いに贈りあった。
嬉しかったことも、辛かったことも、ムカついたことも、尊敬したことも、ありとあらゆる映像がフラッシュバックした。
なにもかもみんなひっくるめて、俺は後数分で終わりを告げる「この旅」と、
永遠に続くであろう「この仲間達」を愛した。
時間が濃く、そして、ゆっくりと流れた。

最後に俺はギターを手に取り、「空」という歌を歌った。
もう決して若くない9人の仲間達、全員が泣きながら歌った。
それぞれの想いを乗せて、俺たちの歌声は静かな夜のビーチを包んだ。
魂のラストバラード。

●自由であり続けるために、僕らは夢でメシを喰う　Keep Freedom

「空」

1冊の本から始まる　仲間たちの旅は
「変わることのない何か」を　確かめあう旅さ

たったひとりで歩いて　ここまで来たけれど
本当の自分で笑える　仲間に出逢えたんだ

思い通りにいかないことだらけで　壊れた夜もあったけど
俺たち1度も逃げ出さなかったよ
俺たち1度も投げ出さなかったよ

いつまでも忘れない　いま　この空の色

キミに逢えたこと　感じあえたこと
すべてが僕の力になる
言葉はいらない　翼を広げて
時代の風になろう

歌が終わり、みんなで夜の海へダイブした。
THANK YOU & GOOD BYE MY BEST FRIENDS！！
俺たちは服を着替え、それぞれの明日へ向かって、歩き始めた。
胸を張って。

KEEP SANCTUARY IN YOUR HEART.

ひとつの「旅」が終わった。

●自由であり続けるために、僕らは夢でメシを喰う　Keep Freedom

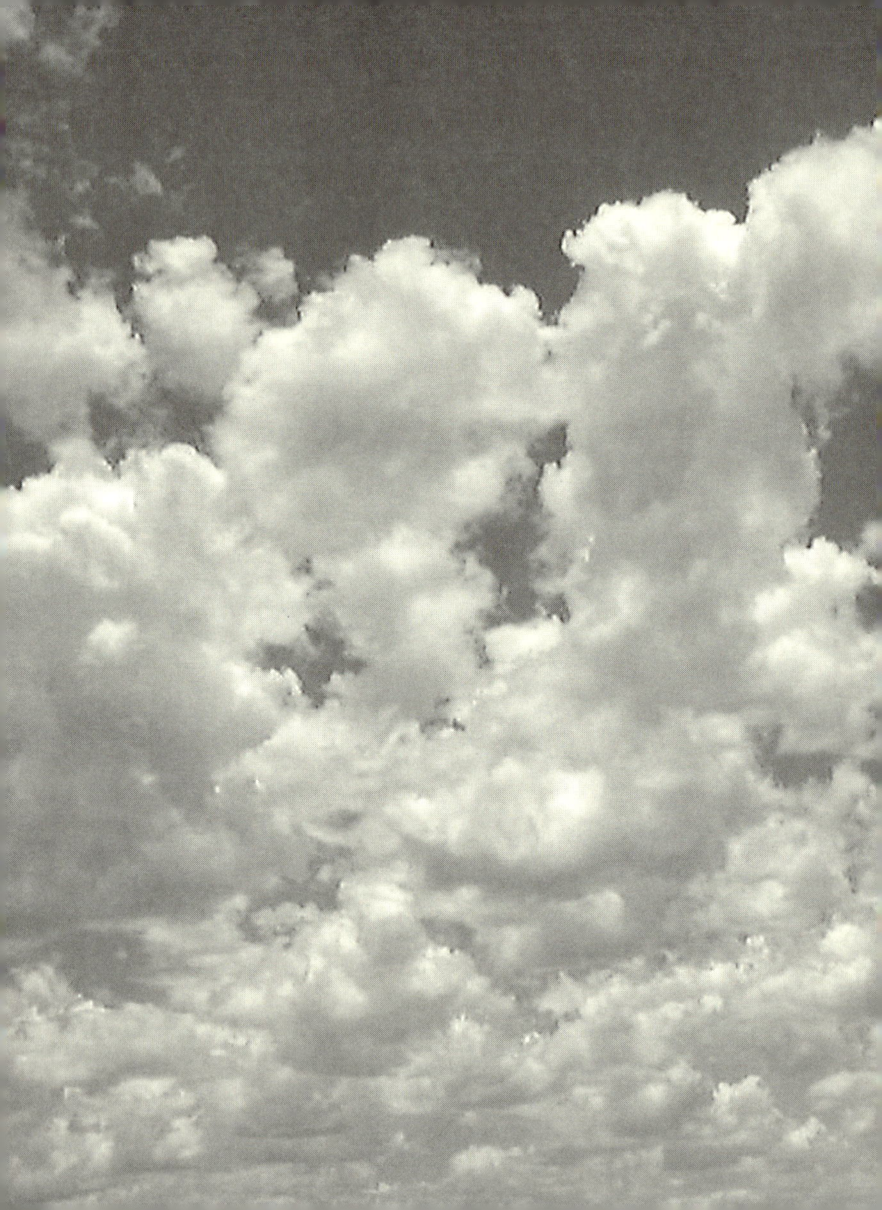

Epilogue

「SANCTUARY」という「旅」が終わり、数ヶ月が過ぎた。

● Epilogue

今の俺はというと、予定どおり、一度プータローに戻り、ゼロから次の「旅」を始めたばかりだ。
今度の「旅」は、文字通りの「世界大冒険の旅」。
新婚ホヤホヤの美人奥さん、サヤカとふたりで、期限もコースも決めることなく、世界中を放浪する旅に出掛けている。
オーストラリアのワイルドな自然、地球の底にそびえる南極の氷山、インドネシアの秘境の島々・・・
始まったばかりだというのに、毎日、脳味噌が溶けっぱなしだ。
今度の「旅」は、「成功」「達成」などを求める「アツイ旅」じゃなく、
「強さ」「優しさ」といったような、目に見えないモノを求める「透明な旅」のような気がしている。

仲間達もみんな元気だ。それぞれ、勝手気ままに新しい「旅」へ出掛けている。
サンクチュアリ出版は、ツルが社長になってメンバーも一新し、新しい出発をしている。

「SANCTUARY」という「夢を叶える旅」は、
「ヒーローになりてぇ！」「俺の存在を世の中にアピールしてぇ！」
そんな気持ちで始まった「旅」だった。
でも、今、振り返ってみると、
俺が本当に求めていたものは、仲間や読者をはじめとするたくさんの人々の笑顔だったような気がする。
「すごいね」と言われるより、「ありがとう」と言われるために、頑張っていたような気がする。
地味なことでも、「誰かの役に立っている」と感じられる瞬間が、一番HAPPYだった。

新しい「旅」に出掛け、
偉大なる人物、偉大なる自然の営みに数多く出逢い、
俺は、自分でも不思議なほどに、「自分自身が生まれてきた意味」を強く求めるようになった。
タカハシアユム　トイウ　ニンゲンガ　コノヨニ　ウマレテキタ　イミ・・・・
「天は俺に何をしろと言ってる？」
風に吹かれ、空を見上げながら、耳をすましているが、
まだ、聞こえそうで聞こえない。

上を向いて走れば走るほど、
「自分」の小ささや、醜さに、嫌気がさしてしまう夜もあるけど、
どんなにあがいても、俺は俺。
自由を失うことなく、自分を失うことなく、
俺にとって精一杯の夢を追いかけて、死ぬまで「最高の旅」を続けていくだけだ。

Life Is...A Journey To Heaven With Dreams.

ENJOY!

Sanctuary's Books

Historys
Series Title***Tomsawyer Books Series:#1*****Heaven's Door**/Written by Ayumu T
#3*****Live**/Written by Daisuke Araya/1996.6.28/**¥1262.Series Title*****Ya
Kasahara/1996.12.24/¥1165 #5***辞めることから始めよう 行動編/Written by Mas
by SANCTUARY/1997.8.8/**¥1200** #7***毎日が冒険/Written by Ayumu Takahashi/
店/Written by SANCTUARY/1997.12.12/¥1200 #9***自由であり続けるために
Others***#10***INOKI-ISM/Written by Kanji Inoki/1998.4.4/¥1600 #11*** 人生はピ

Summer of 1995-1998

995.11.30/**¥1262** #2*****Dolphin Kids**/Written by Minoru Takahashi/1996.4.4/ **¥1262**
kara-Hajimeyou:#4***辞めることから始めよう 心理編/Written by Masumi
ara/1996.12.24/**¥1165**.Series Title***Hot Youth Series:#6***CROSSROAD**/Written
¥1600 #8***自由であり続けるために、僕らは夢でメシを喰う Dream:1 自分の
夢でメシを喰う Dream:2 自分の本/Written by SANCTUARY/1998.8.8/**¥1200**.
Written by **Takumi Yamazaki/1998.9.1/¥1300** ....

「STORY」 SANCTUARY ANALOGY   By Katsuyuki Isoo

SANCTUARY.....
CLEVER,WILD,CRAZY,SERIOUS,COOL,FUNKY,GENTLE,
SPECIAL TEAM&PROJECT

●サンクチュアリは、クールで、ワイルドで、クレバーで、シビアで、ジェントルで、ハチャメチャで、ラジカルで、スペシャルで、確信犯的なプロジェクトだった。はっきりした分業制をとる、少数精鋭のゲリラ部隊、理想的なクリエーター集団だった。ビジョンと戦略と機動力と表現力を持った最強のチームだった。

●サンクチュアリは、先に答えを決めていた。4冊で40万部売ることをゴールに決めていた。しかも期限は、1998年8月31日まで。会社はプロジェクトだ。サンクチュアリという会社は、そのゴールのために進む、時限的な最強のプロジェクトチームだった。チームは面白いものだ。決して、完ぺきな人間を集めた訳ではない。最初から、意図したわけでもない。それなのに、チームという意識があれば、それぞれが自分の役割を意識し、自然に役割分担が生まれ始める。バランスが生まれ、厳しい暗黙の了解で仕事が進む。

●サンクチュアリは、はっきりした分業制をとっていた。編集・販促・営業・経理。営業がきちんといるというのが強かった。ただの編集集団・アーティスト軍団ではなかった。周到な準備をして、ゲリラ的な突拍子もない作戦を企てた。自分たちがほとんどの本の著者であるということは、出版社の表現形態としては一番楽で、理想形なのである。軋轢もしがらみもない。デザインも編集もDTPも社内で出来る。融通がきき、柔軟性があり、方向性も明確に出来る。コストもかなり削減でき、リスクもあるが儲けも大きい。

●サンクチュアリは、少数精鋭のゲリラ部隊だった。ひとりひとりが、自分なりの武器と技術とノウハウを持っている。出勤時間は決まっておらず、家でも外でもどこでも、決められた作業さえすれば、あとは全くの自由。能力と夢のあるフリーの集団。ひとりひとりが個人経営している感覚だ。ノウハウを共有化している。すべて同等の立場で、ヒエラルキーがない。年齢も役職も関係ない。スピリットと冒険心を常に持ち、経営者でありながら、クリエイターであった。

●サンクチュアリは、社会を巻き込んだ遊びの集団だった。社会を実験とした創造集団。サンクチュアリは実験だった。金儲けを合い言葉に遊ぶ集団。危機感というより、いつも楽しさの方があった。人生を真剣に命を賭けて遊ぶ。労働と遊びの区別がない。働くこととやりたいことが一致している。何の保証も根拠もないが、たえず自信だけがあった。人生つまらないと思っている奴に、面白いもの、人を動かし、感動させるものは作れない。
これだけ先のわからない時代なのだから、かなりのことは許される。それは歴史的にも証明されている。何をやっているのかわからない世代・集団こそが、いつの時代も、社会を変え、世の中を引っ張るのだ。

●サンクチュアリは、20代の情報発信をコンセプトにしていた。多くの20代をつなぎ、また拡げていく。20代の会社で、20代をテーマにして製作し、20代をターゲットに発信する。明確な方向性とコンセプトがそこにはあった。自分たちがその方向性を信じ、多くの人がそれに共感し、沢山の関係者がそこに夢を託した。

●サンクチュアリは、枠を超える。読者にも前例にも、流通にも常識にもこだわらず、出版界の野茂になろうとしていた。顰蹙をガンガンあえて買い、20代の創世記をプロデュースしようとしていた。プロ的な発想では大ベストセラーは作れない。プロには常識の壁は超えられない。永遠の素人、雑魚の論理、非常識の発想こそが、既成概念を壊し、ベストセラーを生むと信じた。

●サンクチュアリは、パイオニア精神を常に持っていた。誰もやったことがないから面白い。かっこいい。そして可能性がある。ブレイクすれば、発想も視野も、より大きくなり続ける。サンクチュアリという組織が、そのまま表現形態だった。好きな本を創り、出版して、展開する「出版の暮らし、表現の生活」の楽しさを目指していた。これからの企業は、価値観・世界観を明確に示す必要があると思っていた。

●サンクチュアリのライバルは、ミュージシャン・ゲームクリエーターだった。本というスタイルにこだわっていたわけではない。かっこいい、面白い、楽しいものを目指していた。「かっこよくなきゃ出版じゃない。読書はかっこいい、おしゃれだ」というイメージに若い読者をどう持っていくかが、サンクチュアリの考える方向性だった。言葉の力が落ちたわけじゃない。自分たちも含め、皆、音楽に言葉を求めている。だから、ライバルはいつもミュージシャンだった。

●サンクチュアリは、「オーガナイズしようとしては、あらゆるムーヴメントは死んでしまう」と悟った。自分と考え方が合う人と、自然にやる。何か新しいネットワークが立ち上がる。手本がない時代に突入した。みんなが、自分のオリジナリティを持っている。誰かが始めれば、それによってみんなが刺激される。そして、「僕はこう思う」というアンチがでてきて広がっていく。音楽はこうやって、どんどん新しいムーヴメントが勝手に生まれてくる。サンクチュアリは、出版でも、同じような動きを創りたかった。

●サンクチュアリは、夢を叶えるために、三つのプロセスを実践していた。
1　ビジョン　　まず、明確なビジョン・核・目的を持つ。
　　　　　　　好きなこと・やりたいことをクリアにする。
　　　　　　　それは自分の中から答えが出てくる。
2　戦略　　　　徹底的に資料を集め、読み、考える。分析をきちんとする。
　　　　　　　そして、深く、深くつきつめていく。

●SANCTUARY ANALOGY　Written by Katsuyuki Isoo

3　実行　　　少しずつでも確実に行う。パワーを持って進める。
　　　　　　　楽しく、ワクワクする方法を、常に探す。

●サンクチュアリは、僕にとって「学校」だった。自分で言っていること、望んでいること、自分が考えていることを本当に実践できるのか。出版を真剣にやりたいのか。自分がいつも試されていた。「いつでも、誰からでも学べる」と思った。サンクチュアリに入ったとき、僕が一番年上だった。でも、年齢じゃなかった。経験でもなかった。自分の実績や、自分の経験に対してプライドも恐れもなかった。
学ぶ意思がある限り、人はいくらでも成長できる。
学ぶ気持ちがある限り、いつでも、どんなところでも、いかなる状況でも、前を見れる。理論ではなく、動いてから見えてくるものがある。
自分が自分にとって、かっこいい存在であること。自分だけはいつも自分を評価すること。自分をどこまで解放できるか挑むこと。流れるように、自分の内なる心の声に従うこと。自分自身の殻・限界を壊していくこと。自分と世間を絶えず裏切ること。自分を脱皮し続けること、がいつも僕のテーマだった。
選択にあまり意味はない。選択した後どうするかが、その選択の意味を決める。人生に決まりきったかたちなどない。答えもない。善悪の基準もない。すべてを選ぶ責任を持つという覚悟だけあればいい。目標が高いのなら、血ヘド吐く努力、自分を甘やかさない管理は必要だ。やれと言われていることではない。自分でやりたくてやっているのだという気持ちを忘れない。僕は、不安定に強い男、生命力のある人になりたかった。不安定の中での強靱な生命力。それは、自分の心の中に簡単に崩れないもの「サンクチュアリ」だった。。

「SANCTUARY」 SPIRITS
～「SANCTUARY」という旅路に刻まれた24の言葉～

#001 「地図を開く」
#002 「旅立ち」
#003 「旅の途中」
#004 「終点。次の旅へ」

SANCTUARY
LOS ANGELES
Culver City
Inglewood
Hawthorne
Lawndale
Gardena
Compton
Watts
Lynwood
South Gate
Downey
Paramount
Bellflower
Artesia
Bell Gardens
Bell
Maywood
Cudahy
Huntington Park
Vernon
Commerce
Montebello
Monterey Park
Alhambra
South Pasadena
Eagle Rock
Griffith Park
Studio City
Sherman Oaks
Beverly Hills
Bel Air
Westwood Vil.
Century City
West Los Angeles
Brentwood Park
Ocean Park
Venice
Playa del Rey
Westchester
El Segundo
Manhattan Beach
Lennox
Hyde Park
Boyle Hts.
East Los Angeles
MONICA
SANTA MONICA FRWY
SAN DIEGO FRWY
HARBOR FRWY
HOLLYWOOD FRWY
PASADENA FRWY
GLENDALE FRWY
VENTURA FRWY
SANTA ANA FRWY
POMONA FRWY
Los Angeles International Airport
Santa Monica Muni. Airport
outlines
by large
reet map.

#001「地図を開く」

　「旅」のスタートは、目的地を決めることから。
心の地図を開き、「夢を叶える旅」の目的地＝叶えたい夢を決める。
　自分の隠れたチカラを信じ、可能性の翼を思いっきり広げ、
アタマではなく、ココロが求めているホンモノの夢をみつけるために。

ヒントはあるが、ルールはない。

●地図を開く　#001

S/Spirits #1　ヒントはあるが、ルールはない。

生き方にルールなんてない。
あるのはいつも、ヒントだけだ。
あくまで「俺」は「俺」。
「あなた」は「あなた」。
比べる必要もないし、ましてや争ったり、同化したりする必要もない。
イイもワルイも、ホントもウソも、スキもキライも、全部自分自身が決めるもの。
夢を叶える旅の途中で、さまざまな人々と出逢い、さまざまなヒントをもらいながら、
誰もが自分自身にとって、「ハッピーな旅」をすればいい。
誰もが自分自身の「ハッピーな物語」を生きていけばいい。
他人に自分のルールを押しつけたり、押しつけられたりすることなく、
自分の気持ちいいペースで、気持ちいいやり方で、胸を張って生きていこう。

「気持ちいいこと」が基準

S/Spirits #2　「気持ちいいこと」が基準

何をやるにしても、気持ちのよくないことは続かない。
自分を偽りながら無理に続けていると、性格は曲がり、顔が引きつり、しまいには病気になってしまう。
「気持ちよく生きる？社会はそんなに甘いもんじゃないぞ！」
「仕事なんだから、イヤなことでも我慢しなきゃだめだ」
そんなくだらない常識文句は、人間を「管理」しようとする人たちの考え出した「たわごと」にすぎない。
洗脳されないように、くれぐれも注意しよう。
まずは、自分の感覚のみを基準として、自分の毎日をチェックする事が重要。
気持ちよく生きるために、何を辞め、何を始めればいいか、をクリアーにする。
心のバックを開き、人生に必要な荷物といらない荷物をチェックし、いらない荷物は潔く捨ててしまおう。
そうすることで、身軽になり、気持ちよく生きられるようになる。
「気持ちいい生き方」を究めようとする者にとって、人生は、かなり甘い。

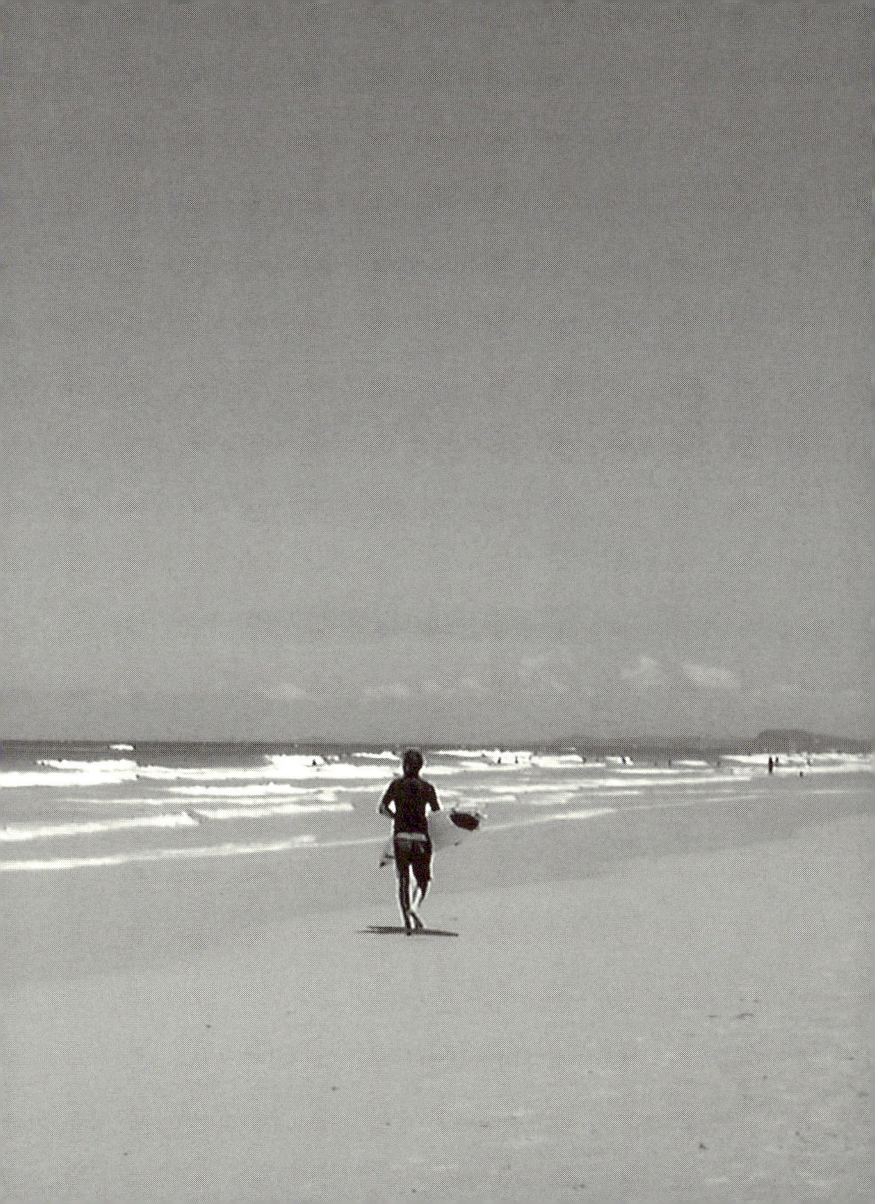

Waku-Waku Sensor 2001
定価1800円（税別）
Not On Sale!

ワクワクがセンサーだ。

S/Spirits #3　ワクワクがセンサーだ。

すべての人が自分なりの「HAPPYになるための道」を持って生まれてくる。

その「道」を歩いているときはすべてがうまくいくし、シンクロニシティーと呼ばれる最高の偶然がバンバン起こる。不思議と必要なときに、必要なことが起こる。

逆に、その「道」からはずれると、何をやっても空回りするし、毎日がつまらない。

持って生まれた「HAPPYになるための道」を歩き続けるコツは、シンプル。

行ってみたい！やってみたい！サイコー！わくわくするぜ！など、自分の胸に装備された「わくわくセンサー」がピッ！ピッ！ピッ！と反応することに、余計なことを考えずにどんどんチャレンジしていくこと。

せっかく神様が人間に装備してくれた超高性能の「HAPPYになるためのセンサー」を無視し、小さな世間の常識に照らし合わせたり、少数の他人の意見に惑わされて、進路をミスっちゃだめだ。

「頭でっかちの大人」になってしまい、自ら「道」をはずれ、人生をつまらなく生きるのは、あまりにももったいない。

まずは、自分自身の「わくわくセンサー」に素直に従って、透明な心で、進路をズバッ！っと決めてしまうこと。

大人の知識や経験を生かすのは、それからでいい。

常識は縛られるものではなく、創っていくもの。

うんこ、好きか？

●地図を開く　#001

「なにそれ！」というアイデアや行動が、いつも新しい時代の扉をノックしてきたんだ。
スタート時点で、「実現の可能性」など気にすることはねぇ。
くだらない既成の常識なんて、ハナクソ。
他人をビックリさせるようなことをするから面白いんだ。
「凄いこと」を思いついたら、その気になって、どんどん人に話してみよう。
きっと、99％の人は、「無理だよ」「バカじゃねぇの」「もっと現実的に考えなよ」・・・などとネガティブなリアクションをするだろう。それは、当然。
ほとんどの人が理解できないことだからこそ、「凄いこと」なんだから。
でも、出逢うべくして出逢った１％の理解者が大きなヘルプをくれるはずだ。
時が過ぎ、その「凄いこと」が実現した瞬間、９９％のくだらぬ常識的な人々はコロっとひっくり返って、突然、協力者になる。
そして今度は、その「凄いこと」自体が新しい常識になっていく。
世の中の常識は、それほどいい加減で、変化し続けるものだ。
どうせなら、常識に縛られるのではなく、反抗するのでもなく、新しい素敵な常識を自分たちで創ってしまおう。

「世界」が選択肢。

S/Spirits #5 　「世界」が選択肢

世界地図を買ってきて、自分の部屋で広げてみよう。
世界は広い。
この地球の上で、今、現在も、何十億という人々が笑ったり泣いたりしながら毎日を生きている。
海、山、川、森、太陽、風、雲、星、月、空気、動物、植物・・・
それぞれの人が、日本とは全く違う大地で何かを感じながら生きている。
でも、この地図の中に、その気になれば行けない場所など1つもない。出逢えない人などひとりもいない。
「どうしても、あの場所に行ってみたい！」という強烈な想いには、必ず、あなた自身にとってなんらかの意味があるはずだ。
その場所へ行ってみることによって、心の扉が開き、新しい価値観、新しい仲間、そして、新しい自分に出逢えるかもしれない。人生を決定づける大きな出逢いが待っているかもしれない。
逃避ではなく、追跡の旅・・・
世界中を選択肢に入れて、「ユメ」を探してみよう。
性別や年齢や国境や人種で、自分を制限することはない。
チケットは、電話一本で買える。

●地図を開く　#001

...unity Aid

World

...ts that give t...

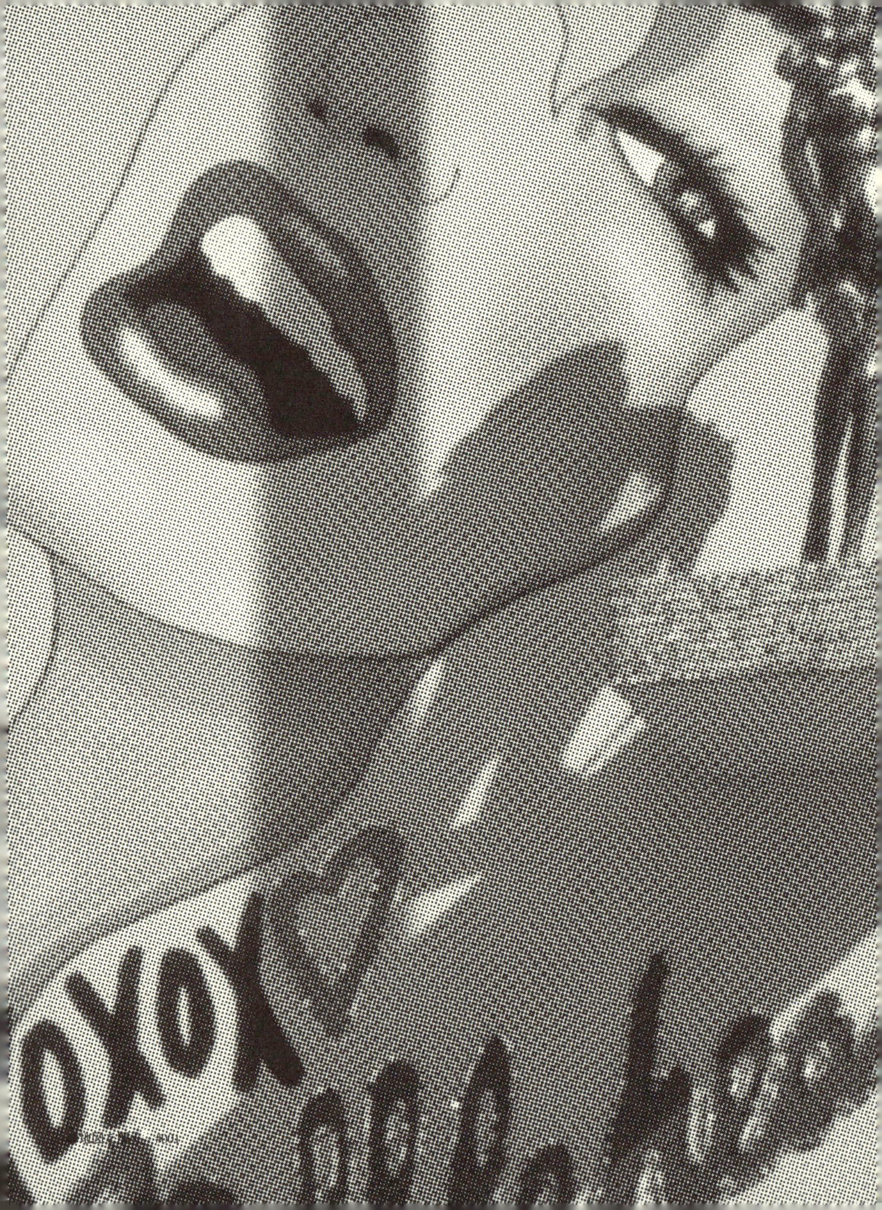
OXOX

なんでも やってみよう！

S/Spirits #6　なんでもやってみよう！

テレビ、雑誌、本、ラジオ、映画、CD、新聞、インターネット、看板、募集チラシ、人に聞いた話、目に見える風景etc・・・

日常、何気なく見たり聞いたりしているものの中に、自分にとっての「宝の地図」が隠れている。

「んっ？なにこれ？」「たのしそー！」「やってみてぇー」「すげぇー」「かっこいいー」「気持ちよさそー」「こんな風に生きてぇー」などなど、自分のアンテナに引っ掛かってきたモノに対して、「でも、どうせ～～～だからな・・・」なんて、すぐに消去しないで、その気になって、トライしたり、調べてみたりする「最初の行動」が、HAPPY LIFEのきっかけになることが多い。

もし、トライしてみてつまらなかったら、やめりゃいいだけの話だ。

「いっちょ、やってみっか！」なんて軽いノリで、ピン！ときたモノにはすべて手を出してみよう。

おいしそうなモノは、とりあえず全部つまんでみよう。

平凡な日常の中にこそ、「大冒険」のきっかけが隠されているのだから。

#002「旅立ち」

目的地が決まったら、次は、「夢を叶える旅」の準備を始める。
下調べ、作戦、潔い決断、道具としての金、楽しい仲間・・・必要なものがいくつかある。
一歩目を踏み出すのが、一番勇気がいる。
不安に負けず、希望に胸を張って旅立つために。

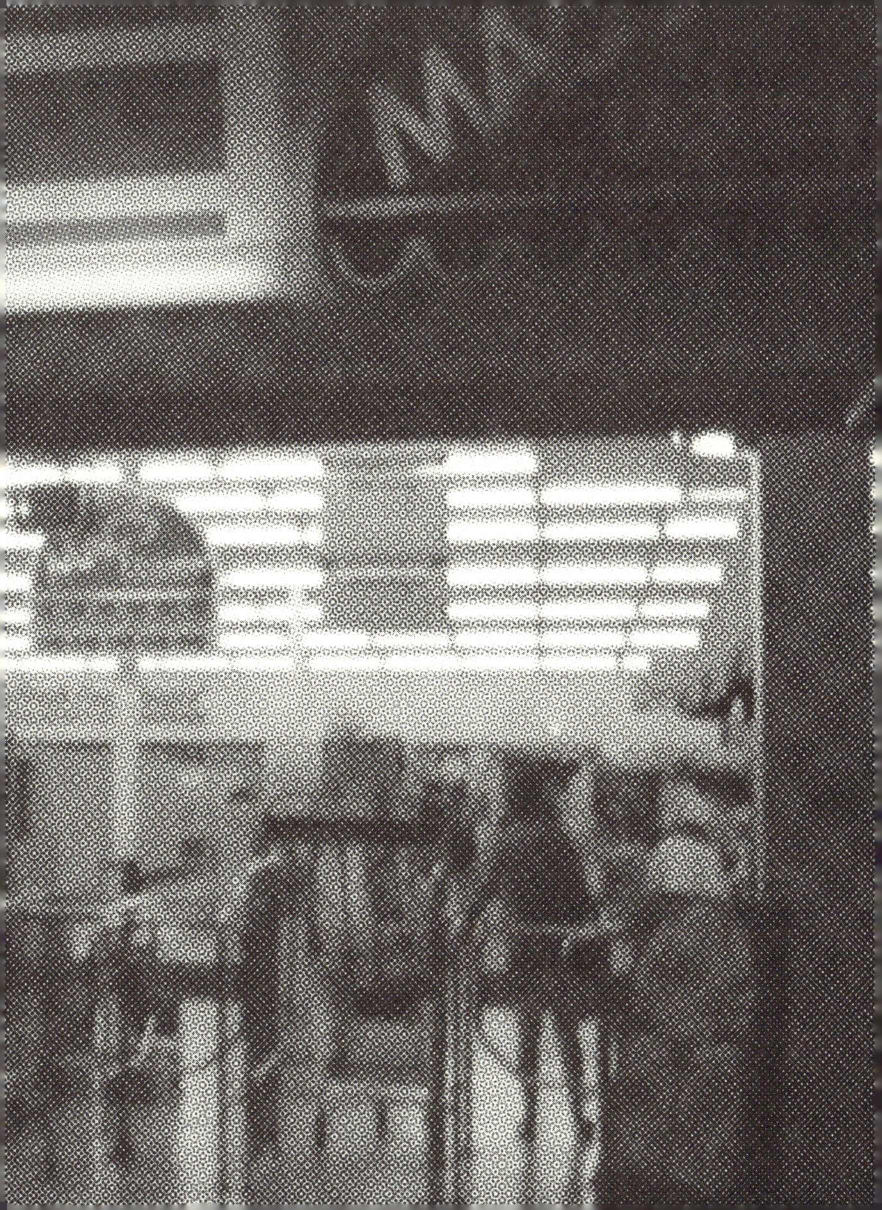

●旅立ち #002

自分にだけはウソをつかない。

S/Spirits #7　自分にだけはウソをつかない。
年を重ねるごとに、「自分」にウソをつくことが、上手になってないか？
「しょうがない」なんて言いながら、自分に言い訳したり、開き直ったりしてないか？
「今の自分は本当の自分じゃない」なんて思いながら、日々を過ごしてないか？
自分にウソをつくたびに、人間としてのオーラが落ちる。
自分にウソをつけばつくほど、無意識のうちに自分を嫌いになってしまう。
自分を嫌いになればなるほど、他人に優しくする余裕がなくなってしまう。
人生の岐路に立ったときは、いつも思いだす。

俺が こわいかぁ! こらぁ!

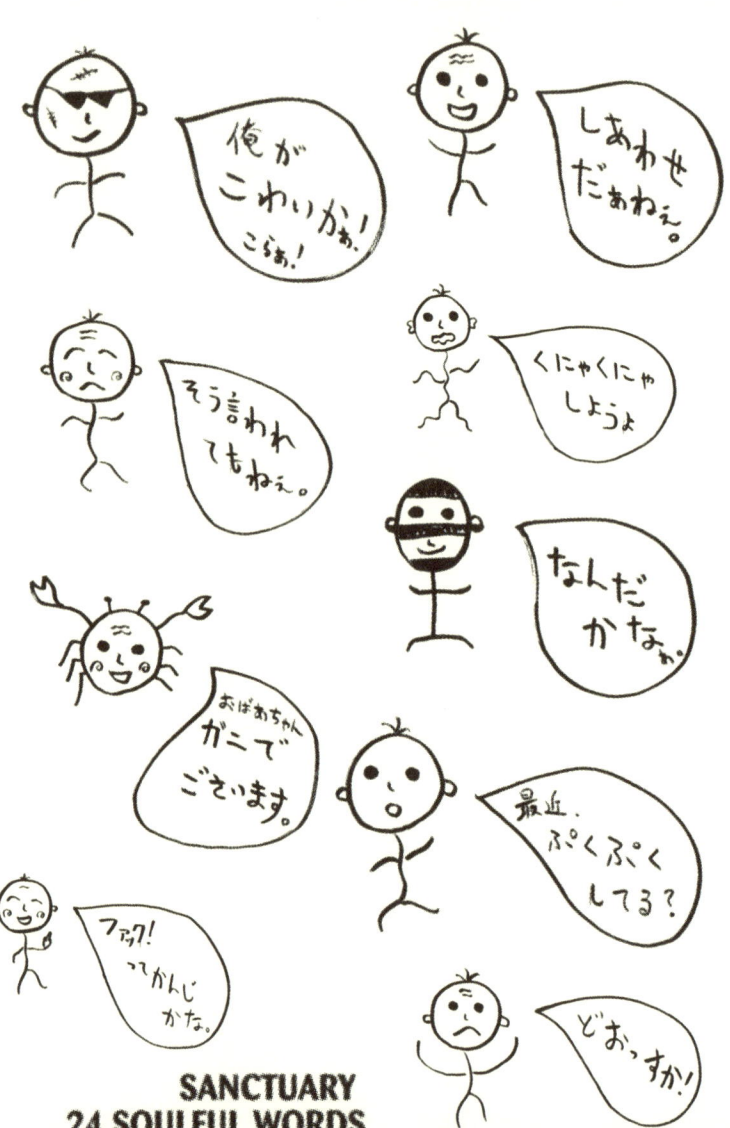

しあわせ だぁねぇ。

そう言われ てもねぇ。

くにゃくにゃ しようよ

なんだ かなぁ。

おばあちゃん ガニで ございます。

最近、 ぷくぷく してる?

ファック! ってかんじ かな。

どぉっすか!

**SANCTUARY
24 SOULFUL WORDS**

SANCTUARY
24 SOULFUL WORDS

答えは自分に聴け。

S/Spirits #8 答えは自分に聴け。

すべての答えは、すでに自分の中にある。
答えは、探したり、教えられたり、聞いたり、知ったり、考えたりするものではなく、「思い出す」もの。
迷ったら一度すべてを消去して、静かに自分と相談。
大事なことほど、他人に相談しちゃだめ。
「自分で選ぶこと」から逃げちゃいけない。
「自分で決めたこと」だから、大変でも頑張れる。
どんな生き方であれ、「自分で人生を選んでいる」という潔い感覚こそが、カッコよく生きる根本になる。

●旅立ち #002

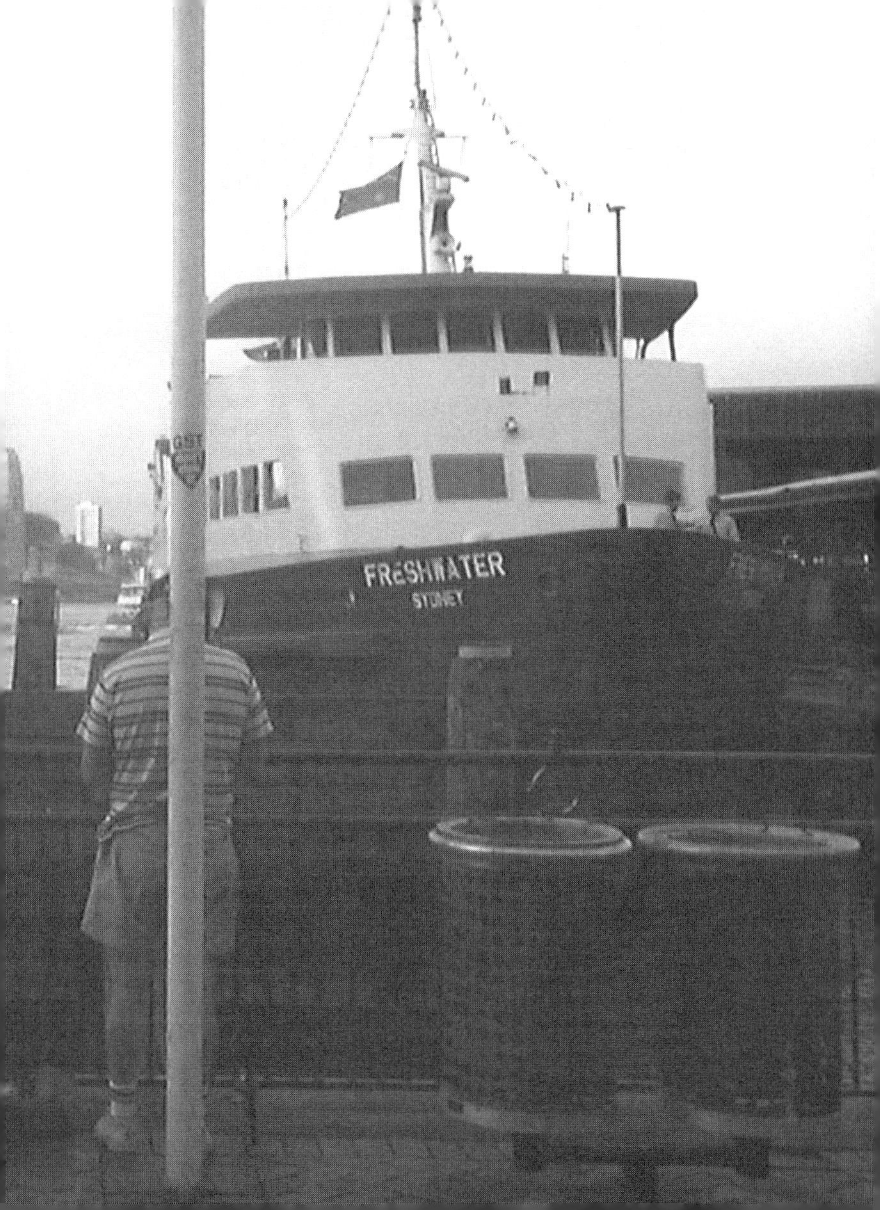
FRESHWATER
SYDNEY

すべてを失うことで、手にはすべてが入る。

●旅立ち #002

S/Spirits #9　すべてを失うことで、すべては手に入る。

「つまらない。もう、辞めよう」そう思ってから、葛藤が始まる。
どんなにつまらないことでも「今まで続けてきたことを辞める」というのは勇気がいる。
すべての経験が無駄になってしまうような気がする。
「辛いから逃げた」ような気もする。
真っ白な未来への不安もある。
でも、それは違う。
経験によって得た知識やテクニックよりも、それによって磨かれた心が宝だ。
目的のないつまらない毎日を送ることこそ、人生から逃げている。
そして、真っ白な未来だからこそ、今まで知らなかった出逢いに溢れている。
ワクワクしてても年はとる。クヨクヨしてても年はとる。
たった一度きりの人生、目的もなく、同じレールの上を行ったり来たりしながら、つまらないと想うことへ時間を使うのは、あまりにももったいない。
生き方は無限にある。
思いきってゼロ・スタート！
お楽しみは、これから。

とりあえず、やっとけ！

「やりたいんだけど・・・」「金が・・・」「時間が・・・」「この御時勢じゃ・・・」
ゴタゴタいうな。しゃらくせぇ。
「やるか、やんないか」をはっきりさせて、やると決めたんなら、頭を空っぽにして、とりあえず、やっとけ。とりあえず、始めとけ。
やらないと決めたならスパッと忘れろ。
「やらない言い訳」を考える時間がもったいない。
人生の評論家になるな！人生の観客になるな！
自分が、生きろ！
泳げないからこそ、海に飛び込むんだ。
くだらない知識は全部脱ぎ捨てて、自分の未来へダイブしな！

JUNK

「根拠のない自信」で突っ走れ。

&Spirits #1‡ 「根拠のない自信」で突っ走れ。

最初は誰にだって実績もないし、自信の根拠なんてない。
最初は全員がズブの素人、恥をかきまくる日々。
だから、「俺はイケてるはずだ!」という勘違いで突っ走るしかない。
「今のうちに、サインでももらっとけよ!後でプレミアがつくぜ!」なんて、捨てゼリフをはきながら、冷たい視線にも耐えて、ガンバルっきゃない。
いずれ、必ず、結果はついてくる。
最初から頂点を見つめて、アクセル全快でブッ飛ばす。
「今の自分のレベルに合わせて・・・」などと言って、ぬるま湯に浸かっているうちに、「ここら辺でいいか・・・」と、ぬるま湯から出られなくなってしまう。
ふやけてしまうまえに、ぬるま湯から飛び出せ!
大観衆がオマエを待ってる。

やりたいから、やる。それだけ。

S/Spirits #12　やりたいから、やる。それだけ。

「好きだから」「やりたかったから」「楽しそうだったから」行動の理由はこれで充分だ。

動機がシンプルなほど、エネルギーは強い。ぐちゃぐちゃ細かい理由などいらない。

自分の感覚は自分にしかわからない。

だから無理に他人に説明しなくっていい。

意味や理屈は後からついてくる。

世話になった両親、仲のいい友達、愛する人・・・

自分のことを思ってくれる人たちからの反対ほど辛いものはないが、それを理由にやめてしまうことこそ、本当の意味の「裏切り行為」になる。

勇気を奮って、まわりの反対は一度押し切り、孤独に耐え、口ではなく結果で示すんだ。

結果が出れば、すべてがひっくり返り、反対者が賛同者へ変わる。

自分のハートだけを信じて、黙って一歩を踏み出せ！

「やっぱり、チャレンジしてみてよかった」

いずれ、そういって、みんなで笑える日が必ず来る。

●旅立ち　#002

SHOOTERS BAR
POOL CAFE
GENUINE DRAFT
SHOOTERS
BOTTLE SHOP
Entrance Upstairs
NOW OP

#003「旅の途中」

「夢を叶える旅」には、トラブルがつきもの。
誰でも一度くらいは、「もうだめだ」と絶望するときがあるだろう。
でも、そんな旅であればあるほど、ゴールを迎えたときの感動は大きい。
あきらめず、逃げ出さず、グレイトな旅を続けるために。

夢は逃げない。逃げるのはいつも自分。

S/Spirits #13　夢は逃げない。逃げるのはいつも自分。

「夢」というモノは実在しない。
「こうなりたい、ああしたい」という自分自身のオモイが存在するだけだ。
一度、心に刻んだ夢は、一生消えない。
ただ自分が、あきらめたり、投げ出したり、忘れたりしてるだけだ。
いくつになっても、自分がその夢を胸に走り続ける限り、夢は消えない。

成功するまでやれば、必ず成功する。

S/Spirits #14　成功するまでやれば、必ず成功する。

ビビることはない。失敗しまくればいい。
そのうち失敗のネタがつきる。
うまくいくまで辞めないこと、それがすべてだ。
そう、倒れるときも前のめり！
「七転び八起き」なんて甘い、甘い。「億転び兆起き」ぐらいのテンションでいこう。
せっかく追いかけ始めた夢を、自分の才能やセンスがないことにして、あきらめるのは勝手だが、何か寂しい。
「いつか見てろ！」って叫びながら、信じて続けてみな！
最後の最後に、一度でも成功すれば、過去のすべての失敗は「経験」と呼ばれるんだから。

「今の俺は、日本一頑張ってる」と言い切れるか。

S/Spirits #15　「今の俺は日本一頑張ってる」と言い切れるか。

人間に才能の差などない。
イチローも中田も貴の花も、才能があったから成功しているわけじゃなく、ガキの頃、俺たちがファミコンをしたり、メシを喰ったり、眠ったりしていたときに、必死に頑張っていただけの話だ。
だから、誰にだって才能は平等にある。
「自分の才能」を疑う必要はない。
大切なのは、自分の１００％の力と時間を「クリアーなたったひとつの目標」にブチ込み、「今の俺は絶対に日本中で一番頑張ってるぜ」と言いきれるくらい徹底的に頑張ることだけだ。
自分の持っている２４時間をフルに投入して、「おまえ、そこまでやるか」といわれるくらいガムシャラにやれば、絶対に出来ないことなど、ひとつもない。

オマエは、
ひとりじゃ
ない。

●旅の途中 #003

S/Spirits #16　オマエは、ひとりじゃない。

自分が必死に頑張っているのに、どうしてもうまくいかないとき、つい、「俺はこんなに頑張ってるのに、なんでアイツは・・・」なんて、他人を責めたくなってしまう夜がある。
勝手に自分を悲劇のヒーロー、ヒロインに仕立て上げ、ブルーになってしまう。
すべてを自分でやっている錯覚にとらわれ、となりで「頑張って生きている人々」のことを忘れてしまっている。
完全にひとりで、生きていくことなどあり得ない。
「自分がすべてをやっている」なんてありえない。
今まで、いろんな人から学び、いろんな人から支えられ、いろんな人から励まされてここまで生きてきたはず。
ちょっと照れくさいが、「ありがとう」をつぶやく。
「感謝すること」で優しい気持ちになれる。
「感謝すること」で、また強くなれる。

●旅の途中 #003

今いる場所から前を見よう。

S/Spirits #17 今いる場所から前を見よう。

夢とトラブルはワンセット。
頑張って走れば走るほど、突然の大トラブルや不運な出来事は起こって当然。
手の打ちようもなくドン底へ叩き落とされて、「もう、起き上がれないんじゃないか」と思ってしまうことも日常茶飯事。
「ああしなければよかった・・・」「あのミスがなければ・・・」
後悔の雨が降り、ドヨ〜ンと暗いムードを突き破る言葉。
「今いる場所から、前を見よう!」
失敗を取り戻そう、マイナスからゼロへ戻そうと思うと、不思議と元気が出ない。
でも、今いる場所をゼロと考え、ここからプラスを積み上げていくと思えば、やる気もでる。
すべては、今、この場所から始まる。

生活をデザインしろ。

S/Spirits #18 生活をデザインしろ。

「時間がない」という感覚には、注意が必要だ。
「やりたいこと」が溢れていて時間がないのならHAPPYだが
「イヤだけどやらなくてはいけないこと」に追われ、「やりたい
こと」が出来ない毎日は、自分をダサく＝駄作にする。
1日24時間。時間の使い方は自由。
夢を叶え、「理想の自分」という作品を作り上げていくために、
じっくり腰を据えて、毎日の生活＝時間の使い方をデザインし
てみよう。
毎日の生活を見つめ、「理想から外れること」を少しつつスケ
ジュールから削っていく。
「理想に向かうこと」を少しづつ増やしていく。
時間をデザインすることで、自分がデザインされる。

GELATI GELATI

FULLY LICENSED
TRADITIONAL ITALIAN CAFE

#004
「終点。次の旅へ」

ひとつの旅が終わり、そこからまた、新しい旅が始まる。
「夢を叶える旅」は、終わりなき旅。
もっともっと大きな夢、もっともっと大きな自分をつかむために。

●終点。次の旅へ　#004

永遠に雑魚であれ。

S/Spirits #19　永遠に雑魚であれ。

名声、地位、財産の大きさと人間の大きさは比例しない。
小さな成功におぼれ、どっぷりとした腹を抱えてふんぞり返った人々に成長はない。
守りに入った途端、成功は重荷に変わる。
昔、「あんなふうにはなりたくない」と思っていた大人になってしまわぬように。
築き上げては壊し、築き上げては壊し、
肩書きに頼らず、今の立場を守ろうとせず、
ひとりの人間として、無限に成長し続ける生命体として、
WILDにHUNGRYに死ぬまで自分を磨き続けたい。

終点、次の床へ #004

「キャラクター」という鎖。

S/Spirits #20　「キャラクター」という鎖。

「何が自分らしいか」などと、ごちゃごちゃ考えるのは馬鹿げている。
まわりの作り上げたイメージに無理に自分を合わせようとしない。
「キャラクター」を演じるのを辞める。
「キャラクター」という鎖で、自分を制限しない。自分を苦しめない。
ただ、そのときの自分が感じているままに表現すればいい。
「キャラクターチェンジ」による周りの人の反応を心配する必要はない。
演じることを辞めれば、今の自分に合う人が自然と周りに溢れる。
転がり続け、変わり続けるからこそ、人生はおもしろい。
裸になって、自分に還ろう。

HAPPYになるには順番がある。

S/Spirits #21　HAPPYになるには順番がある。

「まず、自分がHAPPYになってから、他人にもHAPPYを分けてあげたい・・・」
悲しいことに、そう言っているうちは、HAPPYになれない。
HAPPYには、順番がある。
他人のHAPPYを手伝うことから、自分のHAPPYも始まっていく。
いや、他人のHAPPYを手伝うこと自体が、自分のHAPPYだったりもする。
自分のまわりに笑顔が溢れてこそ、自分も笑顔になれる。
お金、名声、地位、ライフスタイル、精神的なもの・・・
HAPPYのカタチは人それぞれだけど、
何気ない毎日の中に「ありがとう」を溢れさせること。
それがHAPPYへの最速ルート。

●終点。次の旅へ　#004

happy

人生は楽しむ
ためにある。

S/Spirits #22　人生は楽しむためにある。

「生きること」に深刻になりすぎるな。
人生は楽しむためにある。
「俺たちの生きる社会」は「遊び場」にすぎない。
楽しい仲間と遊び道具をいっぱい集めて、どれだけ毎日を遊べるか。
たまにはケガをしたり、怒られたりすることもあるけど、死にやしない。
社会という極上の遊び場をフルに使って、もっともっと大きく、もっともっとたくさんの人を巻き込んでサイコーの遊びをしよう。
地位も名誉も財産も本当の楽しさを与えてはくれない。
それらはあくまでも「遊び道具のひとつ」にすぎないんだ。
「遊び道具を得るための時間」に追われ、楽しむ前に、死んでしまわないように。

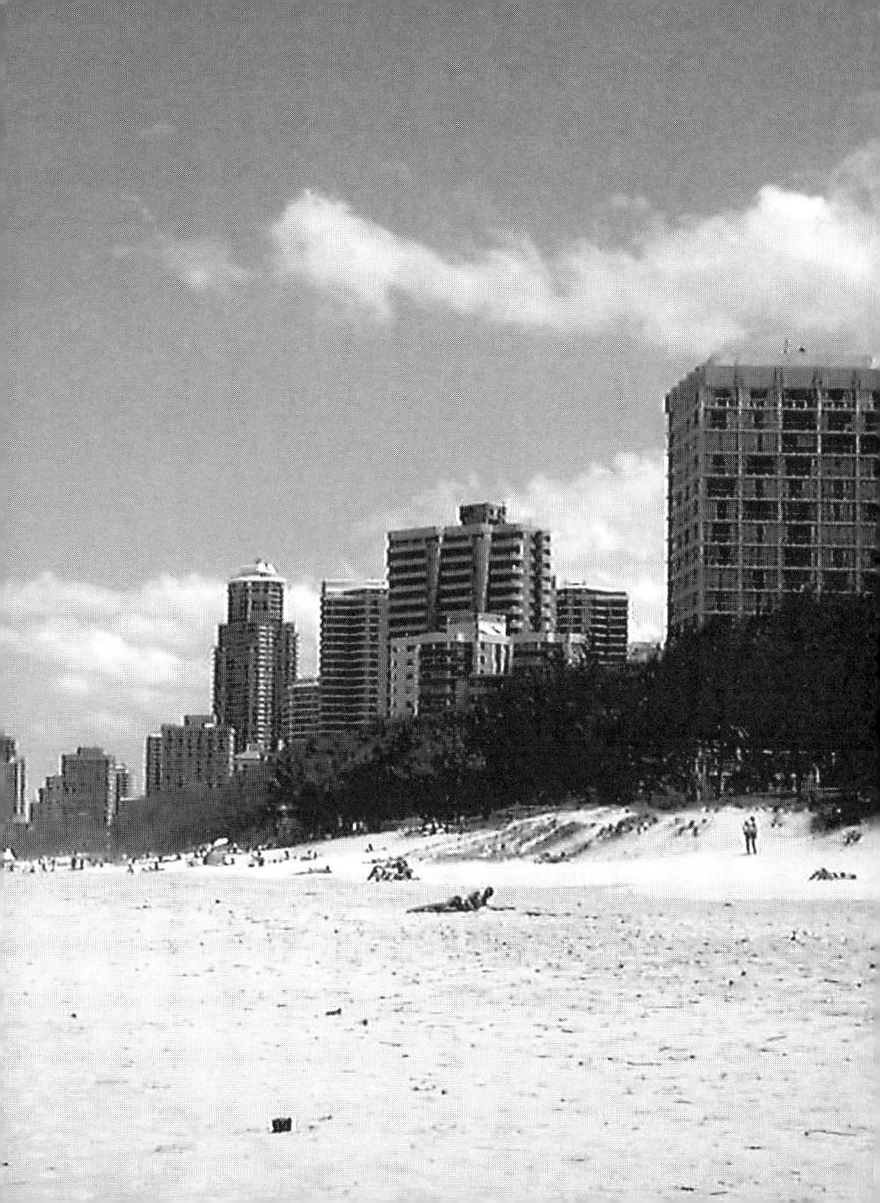

What is Your role?

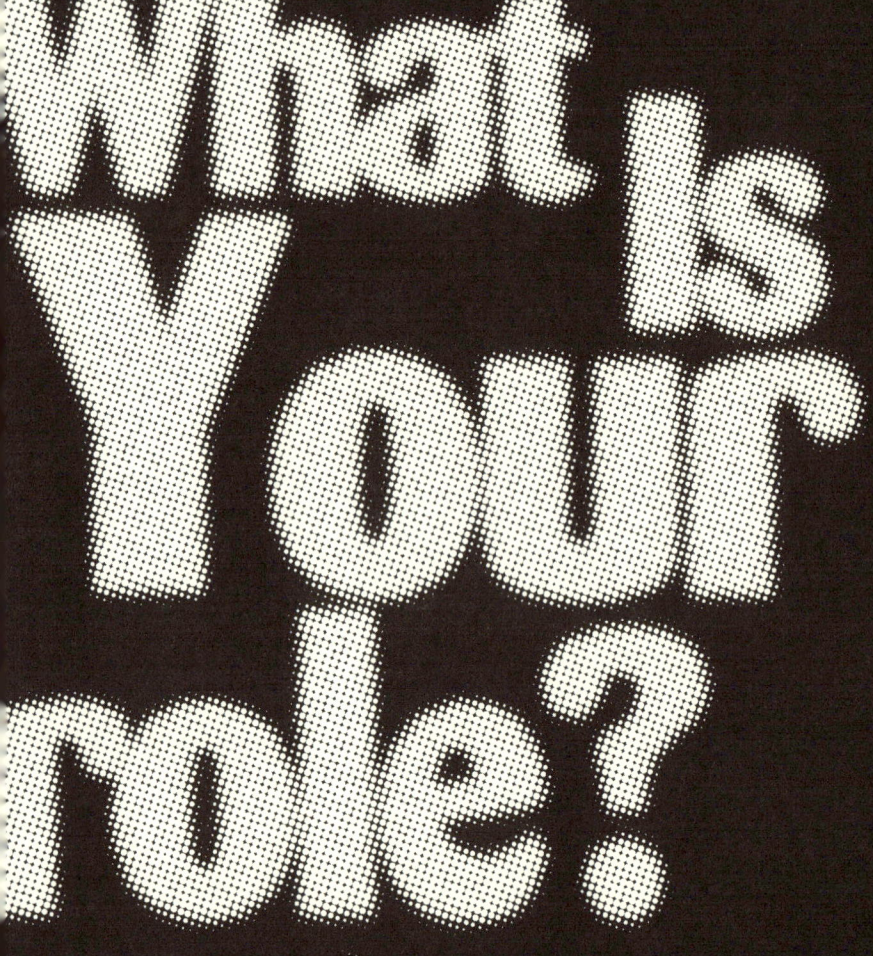

「役割」を知る。

●終点。次の旅へ　#004

S/Spirits #23 「役割」を知る。

「天」は自分に何をしろといってるのか？
そんな大きな問いに想いを馳せる。
この時代、この場所に生まれた自分という存在。
きっと、何かの役割を持っているに違いない。
今まで歩いてきた「道」は、きっとある場所へ向かっている。
「自分の心」に導かれるまま、「旅」を続けているうちに、だんだんと「役割」が見えてくるだろう。
ひとりひとりが、その人なりの役割を発見し、使命感を持って生き始めたとき、「時代」はパラダイスへと向かう。
そして、その日は遠くない。

**自由であり続けるために、
自分であり続けるために。**

〜いつも、この言葉を胸に抱いて、新たなる旅へ出掛けよう〜

人生に必要なものはSPIRITS ＆SOULS
SPIRITS........スピリッツがなければ、生きていくことは出来ない。
SOULS..........ソウルがなければ、生きていく意味がない。

人生に必要なものを数えてみよう。その答えがあなたであり、あなたの人生である。
人生に必要なもの、それこそがあなたのSOULだ。
答えは人それぞれ違う。
YOU FIND YOUR SOULS THROUGH YOUR FAVORITE WORDS
サンクチュアリのソウルは、これらのことばにつまっている。
「DREAMS」「JOURNEY」「ADVENTURE」「BOOKS」「MUSIC」「LOVE」「BAR」自分だけのWORDS ＆SOULS を探せ。
そこに、自分だけの「生きる意味」が見えてくる。

●SANCTUARY PHILOSOPHY Written by Katsuyuki Isoo

「DREAMS」

夢とは、自分ひとりだけの力ではどうしようもないものである。
どんな形であれ、夢を叶えるとき、それはひとりではなし得ない。

夢を実現可能なリアルなビジョンとして捉えるか、
全く分からないフワフワしたものとして捉えるか。
成功が目的ではない。もしかしたらなれたかもしれない可能性に、後悔する人生を送りたくないだけだ。「あの時こうしていたら」「もし、こうなっていれば」という幻想には縛られたくない。
人は、自分の中の観・感・勘に従って生きている。それを信じていたい。
常に内外面とも緩やかに動き続けていたい。

決断から逃げるのはここで終わりだ。今やらなくて、いつやるのだ。
将来・いつか、というのは嘘だ。
今、やらないことはやれない。日常が戦いであり、日々決断の瞬間だ。
今、立てない奴は、ずっと立てない。行動こそが、人間の思想のスタイルだ。
ずっとやりたかったビジョン、果たせなかった目標、心の中で暖めてきた計画はもう止められない。

夢を持とう。

「JOURNEY」

旅にいくと、いつも感じた。
旅とは何処に行くか、何を見るかではない。
誰と行くか、誰に会うか、人である。
気の合わない奴と、世界旅行に出かけても全くつまらない。
気の合う奴なら、近くの居酒屋に行くことでさえ楽しい。

僕らの旅は、時代を歩いていた。
誰もが皆、時代に旅の足跡を残す。

小笠原で星を見た。
沖縄に講演会とキャンプに行った。
日本一周、読者に会いに縦断した。
皆でバリに遊びに行った。
毎日が旅だった。全員で銭湯に行くこと。イベントに出かけること。徹夜で会議を開くこと。吐くまで、吐いた後まだ、飲み続け、飲み明かすこと。
日常が、すべての一瞬、一瞬が、仲間との旅だった。

旅に出よう。

●SANCTUARY PHILOSOPHY Written by Katsuyuki Isoo

「BOOK」

本棚を見ると、その人の顔が見える。
読んできた本を眺めると、その人のハートが読める。
どんな本を読んでいたのかを知れば、その人の人生がかいま見れる。

サンクチュアリの本棚に並んでいる本。
「ドロップアウトのえらい人」「エグザイルス」「青年は荒野を目指す」
「竜馬がゆく」「カイジ」「聖なる予言」「カモメのジョナサン」
「イルカと海へ還る日」「BASHAR」「サンクチュアリ」・・・

本を読もう。

「MUSIC」

音楽はどんなときでも、流れていた。
夜明けの事務所、サバイバルのキャンプ、電車で、くるまで、船で。
何かあれば、何かなくても、いつもうたっていた。

「MR.CHILDREN」「BOB DYLAN」「長渕剛」「BEATLES」「尾崎豊」
「BOB MARLEY」
ROCK & ROLL, BALLADS,REGGAE,POPS,NEW MUSIC,PUNK・・・

NO MUSIC、 JUST IDLE LIFE
音楽のない人生は、ただのつまらない日々の繰り返しだ。

音楽を聴き、歌い、奏でよう。

「ADVENTURE」

いつも、遊び心を持っていた。
いつも、遊びも、ルールも、勝負も、じゃんけんで決めた。
いつも、遊びだった。だから、真剣だった。
「誰も信じてくれない、周りの奴等が笑う、大人は金を貸してくれない、友人は逃げる、皆に変人と思われる、何度も情けないくらいに失敗する」そんな中でも楽しく努力しよう。笑ってやろう。挑み続けよう。
人生は冒険だ。はみ出すことはいつも怖く、だから面白い。社会は命を賭けた現代の遊び場・冒険地帯・勝負のフィールドだ。平和とは危険かもしれない。激動こそが安定なのだ。安定を求めると、変化を恐れ始める。変化を求め、不安定を好み、慣れることが、ワクワクした充実感のある人生を生きるコツだ。

冒険をしよう。

「LOVE」
BOYFRIENDS GIRLFRIENDS、親友、悪友、恋人、仕事相手、親、恩人、全ての人の笑顔と、声と、励ましと、罵声と、シャウトに、
日々感謝する。日々満足する。日々怒る。日々泣く。日々叫ぶ。
そこには、いつも「LOVE」があった。

そして、これからもずっと「LOVE」はある。

●SANCTUARY PHILOSOPHY Written by Katsuyuki Isoo

「BAR」

「ROCKWELL`S」
「BEEP FOREST」
「ALOHA ALOHA」
好きな店がある。
BOURBON WITH ICE,MYERS RUM WITH COKE,
RONRICO151 WITH DEATH,
FROZEN DAIQUIRI,AND BUDWEISER・・・
好きな酒がある。

バーはアジトだった。
バーはホテルだった。
バーはオフィスだった。
バーで作戦会議を開いた。
バーでいつも夢を語った。
バーでいつも喧嘩した。
バーでいつも悪巧みを考えた。

好きなバーに行こう。好きな酒を飲もう。
好きな店をアジトにしよう。好きなことを仕事にしよう。

FRIEND'S VOICES***

VOICES***

GO!GO! ちゅあり号

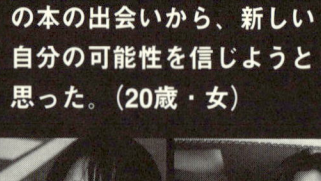

本屋で何気なく開いた1冊の本の出会いから、新しい自分の可能性を信じようと思った。(20歳・女)

LOVE

僕も自分の
オリジナル
な生き方を
見つける。
(20歳・男)

FRIENDS

落ち込んでいる時に、サンクチュアリの本を見つけ、期待しないで買ったが、読んで涙が流れた。（25歳・男）

SMILE

HAPPY

感動した。勇気が湧いてきた。人生観が変わった。自分にも何かやれそうな気がした。（19歳・男）

GUTS

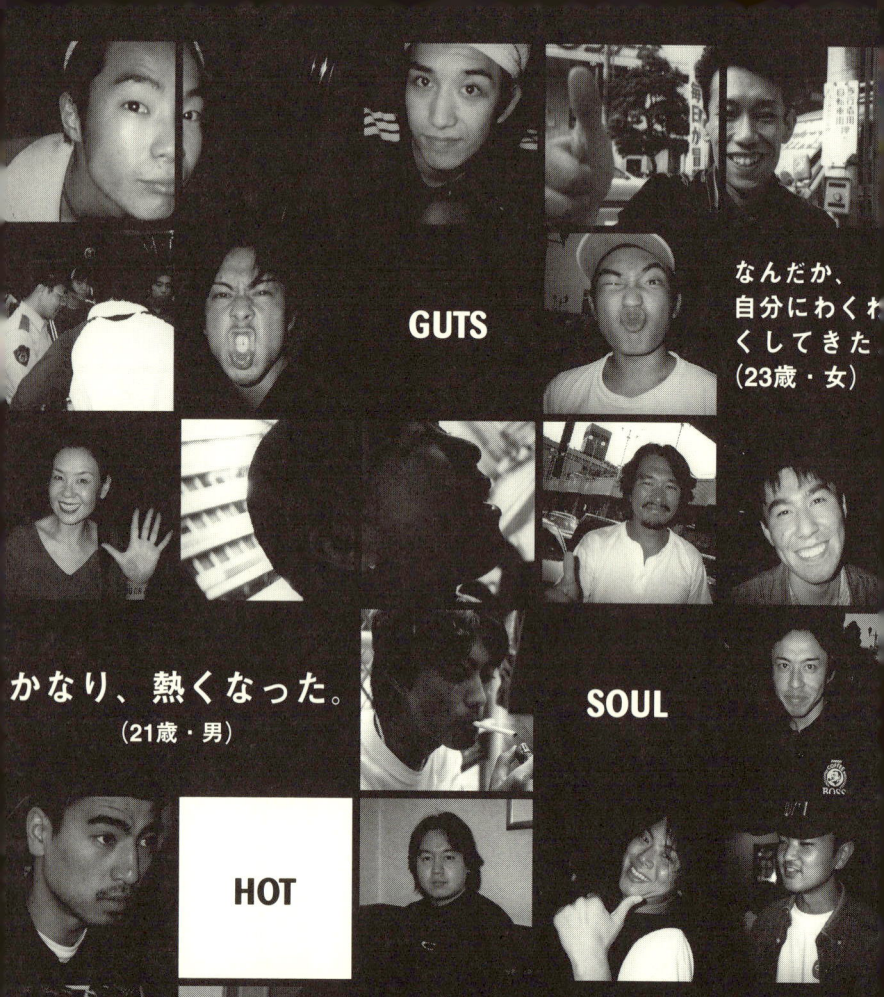

なんだか、
自分にわくわ
くしてきた。
(23歳・女)

かなり、熱くなった。
(21歳・男)

SOUL

HOT

頭の中の
霧が晴れ
た。
(20歳・男)

サンクチュアリの本は、絶望の淵にいる時、肩をたたいて励ましてくれる先輩みたい。(17歳・女)

ROCK

FREEDOM

SANCTUARY
BOOK&SOUL

過去を捨て、自分の夢を追う決心がつきました。(25歳・女)

20代に読みたかった。でも、ダイジョウブ。(35歳・男)

おわりに

人生に春夏秋冬があるとすれば、
俺にとっては「春の終わり」を意味するであろう3年間のストーリーとスピリッツをこの本に収めた。

「今までは新しいホンを創ってきたけど、これからは新しいニホンでも創るか！」
なんて言い合う仲間のオッチ（磯尾克行）との初の共著でもあるこの本は、これから天下を狙う！？俺たちのスタートでもある。

そして、今まで共に走ってきた愛する仲間達や、
これから共に走るであろうまだ見ぬ仲間達への、
「東西南北疾風怒濤天下布武の勢いで突っ走ろうぜ！」というエールでもある。

1冊の本によって他人の生き方に意見しようなんて、これっぽっちも思っていない。
俺が本を書く理由は、ひとつ。
年齢も性別も職業も地位も国境さえも超えて、新しい出逢い、新しい仲間を求めているからだ。
一緒に大いなるユメへ向かって走り、サイコーの酒が飲める仲間がいてこそ、人生は楽しい。

この本をきっかけにして、まだ見知らぬアナタとの新しい出逢いが始まることを願ってやまない。

　　　　　　　　1999.1.27　at　Scarborough Beach /AUSTRALIA
　　　　　　　　　　　　　　　　　　　　　　　　　　高橋 歩

SANCTUARY
BOOK&SOUL

本書は1999年に発行した『SANCTUARY』の新装版です。
作品のオリジナリティを尊重し、本文には一切の変更を加えておりません。

新装版　SANCTUARY サンクチュアリ

2013年 7月1日　　初版発行

著者…………高橋歩／磯尾克行

装幀・デザイン　高橋寛
写真・イラスト　高橋歩
編集　磯尾克行

発行者　鶴巻 謙介
発行／発売　サンクチュアリ出版
　　　　　　東京都渋谷区千駄ヶ谷2-38-1
　　　　　　〒151-0051
　　　　　　TEL 03-5775-5192 / FAX 03-5775-5193
　　　　　URL　http://www.sanctuarybooks.jp/
　　　　　E-mail　info@sanctuarybooks.jp

©iStockphoto.com/THEPALMER,©iStockphoto.com/Dusty_rat, ©iStockphoto.com/YinYang

印刷・製本　三松堂（株）

※本書の内容を無断で、複写・複製・転載・データ配信することを禁じます。
定価およびISBNコードはカバーに記載してあります。
落丁本・乱丁本は送料弊社負担にてお取り替えいたします。